◉ 相约名家 · "冰心奖"获奖作家作品精选 ◉

XUNZHAOYINGXIONG

# 寻找英雄

王培静 著

高长梅　王培静/主编

九州出版社　全国百佳图书出版单位
JIUZHOUPRESS

图书在版编目（CIP）数据

寻找英雄 / 王培静著. -- 北京：九州出版社,2013.5（2024.4 重印）
（相约名家·冰心奖获奖作家作品精选 / 高长梅, 王培静主编）
ISBN 978-7-5108-2077-9

Ⅰ.①寻⋯　Ⅱ.①王⋯　Ⅲ.①中篇小说 – 小说集 – 中国
– 当代②短篇小说 – 小说集 – 中国 – 当代③散文集 – 中国 – 当代
Ⅳ.①I217.2

中国版本图书馆CIP数据核字（2013）第084966号

## 寻找英雄

| | | |
|---|---|---|
| 作　　者 | 王培静　著 | |
| 出版发行 | 九州出版社 | |
| 地　　址 | 北京市西城区阜外大街甲35 号（100037） | |
| 发行电话 | （010）68992190/3/5/6 | |
| 网　　址 | www.jiuzhoupress.com | |
| 电子信箱 | jiuzhou@jiuzhoupress.com | |
| 印　　刷 | 三河市恒升印装有限公司 | |
| 开　　本 | 710 毫米×1000 毫米　16 开 | |
| 印　　张 | 10 | |
| 字　　数 | 140 千字 | |
| 版　　次 | 2013 年 5 月第 1 版 | |
| 印　　次 | 2024 年 4 月第 5 次印刷 | |
| 书　　号 | ISBN 978-7-5108-2077-9 | |
| 定　　价 | 49.80 元 | |

# 出版说明

冰心是我国现代文学史上著名的作家，她的儿童文学作品和散文在中国文学史上占有重要位置。

这里所说的"冰心奖"包括"冰心儿童文学艺术奖"和"冰心散文奖"。

"冰心儿童文学艺术奖"创立于1990年。创立以来，它由最初的单一儿童图书奖，发展为包括图书、新作、艺术、作文四个奖项的综合性大奖，旨在鼓励儿童文学作品的创作出版，发现、培养新作者，支持和鼓励儿童艺术普及教育的发展。其中，"冰心儿童文学新作奖"与"宋庆龄儿童文学奖"、"陈伯吹儿童文学奖"、"全国儿童文学奖"并称国内四大儿童文学奖。

"冰心散文奖"是一项具有权威的全国性的散文大奖。冰心生前曾是中国散文学会名誉会长，"冰心散文奖"是遵照其生前遗愿而设立的，旨在彰显我国散文创作的成就，不断评选出题材广泛、思想敏锐、着力表现现实生活，创作形式风格多样的优秀散文。"冰心散文奖"是与"茅盾文学奖"、"鲁迅文学奖"并列的我国文学界散文类最高奖项，也是中国目前中国散文单项评奖的最高奖。

《相约名家·冰心奖获奖作家作品精选》共收录近年来荣获"冰心儿童文学艺术奖"和"冰心散文奖"的三十位作家的作品。这些作品无论是小说还是散文，或抒写人间大爱，或展现美丽风光，或揭示生活哲理，或写实社会万象，从不同角度给青少年读者以十分有益的启迪。

随着中小学课程改革的深入与发展，让中小学生多读书、读好书早已成为共识。我社推出本套大型丛书，希冀为提升中国的基础教育、为青少年的健康成长尽一份力。

九州出版社

# 目 录
## CONTENTS

# 目 录
C O N T E N T S

# 目 录

CONTENTS

# 目 录
C O N T E N T S

# 目 录
### CONTENTS

# 第一辑
## 寻找英雄
XUNZHAOYINGXIONG

# 军礼

7月天，小孩的脸，说变就变。刚下了一场中雨没两天，昨天晚上这瓢泼大雨又下起来了。此刻大雨下了已是整整一天一夜了，荣军长站在防汛地图前，眼睛盯着地图上一小步就能跨过去的防洪大坝沉思。部队上了防洪大坝6个小时了，警戒水位越升越高。荣军长对身边的秘书说："备车，我要去地方防汛指挥部。"

地方防汛指挥部里也是灯火通明，从大坝传回的险情告急的电话铃声不断，有人走来走去，有人吸烟沉默，有人望着窗外电闪雷鸣的夜空发呆。见荣军长进来，大家的目光都聚了过来。坝下有老百姓的一万亩良田，还有近二十个村庄的房屋家产，虽然男女老少都撤到了高处，但那是好几万人的生息家园呐。荣军长声音洪亮地说："请你们放心，我保证人在大坝在，我们誓死保卫大坝，保卫人民生命财产的安全。"听到荣军长的话语，人们脸上的表情放松了许多，有人带头鼓起了掌。

从地方防汛指挥部出来，荣军长冒雨上了车，命令司机道："咱们去抗洪大坝。"司机看了眼身旁的秘书，见他没言语，驾车钻进了夜色中。

到了大坝的一端，司机停了车。秘书忙说："首长，您在车上等一下，我去把各团的几位领导找来。"秘书一边说着半个身子已下了车。

"不必了，咱们一起下去看看。"荣军长要下车。

秘书为难地说："您的身体……"

"我还没有那么娇贵，再说跟舍弃个人生死、坚守在坝上的官兵们相比，

我这算什么。"荣军长说着已下车踏进了泥中。

秘书忙打开了伞，跟上了首长。走了一段，司机借了个汽灯追上来。荣军长在中间，秘书和司机一边一个，仨人在泥泞中艰难地向坝上走去。

整个大坝上人来人往，官兵们在紧张有序地忙碌着，那一盏盏汽灯像天上的星星眨着眼睛，时刻警戒着大坝坝堤的一丝一毫的变化。

走到坝的中央，荣军长站住了，他对秘书说："去把吴副参谋长找来。"

不一会儿，秘书带吴副参谋长等几位干部来到荣军长面前，几个人在夜色中举起了手，首长也抬手还礼。荣军长说："你们辛苦了。"随后吴副参谋长站在雨中的大坝上，向荣军长汇报了抗洪官兵开赴第一线近8个小时以来的情况，当吴副参谋长说到有一名营长为抢救一个不会游泳的战士牺牲了时，荣军长急切地问："是哪个团的？把当时在场的最高领导给我找来。"

吴副参谋长说："三团三营的，叫王志军。他就是当时在现场的最高领导，他是个好干部。是我工作失职，我对不起上级领导对我的信任，更对不起王志军同志的亲人。"

听到这儿，荣军长身子一怔，夜幕中谁也没有发现，他望着大坝内汹涌吼叫的波涛，声音低沉地说："你不必自责，这样的任务有牺牲是避免不了的，那个战士救起来了没有？"

"救起来了，王志军同志把他推上了岸边，自己却被漩涡卷走了。"

荣军长轻轻"哦"了一声。

荣军长向坝堤边上走了走，脱下军帽，缓缓地举起了右手，闪电中，吴副参谋长、秘书、司机以及那几名干部都脱帽后照荣军长的样子，面向水面，举起了右手。别人的手都放下了，荣军长的手还迟迟没有放下，他的脸上有两行热泪和着雨水流了下来。

也许天太暗，也许是因为下着雨，荣军长脸上的表情谁都没有发现。往回走的路上，他的两腿像灌了铅，一步步迈得很艰难。坐在回程的车上他想，回到家怎么向老伴"交待"志军牺牲这事？

# 尊严

我们的家在湖北红安的一个普通村子里。

娘这次病得很重，娘把我和妹妹叫到跟前，断断续续地说：大小，妮，我告诉你们，你爹他没死，你爹他还活着。

我和妹妹都以为母亲在说胡话。

父亲解放前就死在了战场上，解放后上级追认他为烈士。曾听奶奶和母亲说过，在我有些模糊的记忆里也有点印象，有一天，家里收到一封信，信上说：我是鲁国仁的战友，他在战场上牺牲了，请允许我叫你们一声爹、娘。你们放心，从今以后，有我吃的就不会让你们饿着，嫂子带着一双儿女更不容易，等孩子大点，你就再向前走一步吧，相信国仁大哥也能理解你的。从那后，父亲的那个战友一年四季经常向家汇钱和粮票，也经常写信来。

有一年夏天，父亲的那个战友写信来说：要来看看爹和娘。

是一个傍晚，父亲的那个战友来了，是搭村里送公粮的驴车来的。他几乎是被宋三抱进来的，昏暗的灯光下，他被宋三放在了凳子上，他一条腿没了，双手没了，两只胳膊只剩了半截，头上没有一根头发，脸上的五官全都移了位，头上、脸上全是疤痕，下嘴唇好像没了，说话也有些含糊不清，他从凳子上移下来，给爷爷奶奶跪下，费劲地哭着说，爹、娘，我代国仁回来看你们来了。爷爷、奶奶忙上去扶起了那人。爷爷、奶奶和母亲都哭的像泪人似的。

奶奶和母亲做了丰盛的晚饭，爷爷一边和那人吃着饭，一边打听些和父亲有关的事情。

母亲回屋后盖上被子大哭了一场，我想，看到父亲的战友，她可能想起了父亲。

第二天早上，在院子里他费劲地用还剩半截的胳膊抚摸了一下我的头，对我说：一贤，你爹活着时经常和我提你，他打心里喜欢你。他是英雄，他死得值。你要好好学习，要代替你爹孝敬爷爷奶奶，你娘拉扯你和你妹妹不容易，要听你娘的话，不惹她生气，多替她干点活。家里有困难，我会按时寄钱来。

许多乡亲们都来看他，他的眼神好像一次也不敢和爷爷、奶奶、母亲的眼睛对视。吃中午饭时，他提出要走，爷爷奶奶让他多住几天，他说：我还要回河北自己的老家去看看。

爷爷问他：你家里都还有什么人？

他说：和咱家一样，爹、娘，还有媳妇和一双儿女。

爷爷问：你爹多大岁数了？

他想了想说：和您年龄差不多。

儿子多大了？

和一贤差不多一样大。

爷爷、奶奶、母亲的目光都有些异样。

临别时，爷爷声音沉重地说：孩子，你不走了，行不行？

奶奶说：我侍候你一辈子。

母亲抹着眼泪说：您就听老人的话，别走了，我侍候您，您看这俩孩子多可怜。

那人思考了许久，流着泪说：爹、娘、嫂子，你们的心意我领了，可我必须回部队，部队休养院的条件很好，你们不用挂念我。你们放心，我走后会按时寄些钱回来贴补家用。

爷爷说：你要真走，今后钱不用寄了。政府各方面照顾得都挺好，不用再挂着我们了，你自己在外边多保重吧。

爷爷叹着气去找了队长，让队里的驴车去送他一程。

那人走时又给爷爷、奶奶跪了下来，他操着沙哑着嗓子说：爹、娘，你们多保重吧，儿子不能留在跟前侍候你们了。他转身叩头对母亲说：嫂子，您拉拔两个孩子长大不容易，我代国仁大哥谢谢您了。

爷爷和母亲忙一起架起了他。

那人果然说话算数，之后的日子里，像从前一样，直到现在，每两个月就汇一次钱来，那汇款单上从没留过地址。

娘临终时说：我后悔呀，真是后悔，当时没有把他留下来。当时你爷爷、奶奶、我，都看出来了，那个自称是你爹战友的人，就是你们的亲爹。

# 编外女兵

在昆仑山脚下的一所军营里，只有四十几个军人，实际上部队是一个连的编制，他们主要负责昆仑山地区的油管保卫任务。六月里上山巡线，碰上下大雪是再正常不过的事情。

一个军人威严的声音响彻山谷，下面开始早点名：

刘挺。

到。

崔海军。

到。

张金娃。

到。

…………

程菲菲。

全体军人共同回答：到。

程菲菲是连队年龄最小的士兵，也是连队历史上第一个女兵，但她已是有15年兵龄的老兵了。

新兵下连，学习连史。老兵们就会讲起程老兵的故事。

那年她才5岁，跟在内地当教师放寒假的母亲来这儿看望父亲。她的到

来，成了军营里的一道亮丽风景。她天真烂漫的样子，着实惹人喜爱。她粉嫩的小脸蛋上，一笑有两个好看的小酒窝，谁见了都会情不自禁地想摸一下她的脸。

战士的宿舍里、操场上，只要她一出现，战士们就让她表演节目。她从不拒绝，问：你们喜欢什么？

有战士说：给我们唱个歌吧。

那好吧。

她就像模像样地开始演唱：小燕子，穿花衣，年年春天来这里……

有战士说：给我们跳个舞吧。

她就张开双臂，给大家绘声绘色地表演新疆舞，那身段，那动作，颇有点小名星的风范。战士们看了就使劲鼓掌。

虽然她就只会那么两首儿歌，两段舞蹈，战士们却是百看不厌。

这天夜里菲菲感冒了，高烧不退，外边的大雪封了路，连里的卫生员给她吃了退烧药，烧一点也退不下来。天一亮，战士们纷纷请示，我们接力背菲菲去城里看病吧。连长和指导员商量了半天，觉得这办法不可行，因为连队离格尔木有200多公里。指导员打电话向上级求援，一时也没有特好的办法。战士们哄她：菲菲，你要坚持住，等你好了，再给叔叔们唱歌跳舞。她的小脸绯红，点点头，想了想说：下次再来，我一定给你们表演更多好听好看的节目。坚持了半天，又坚持了半天，菲菲的高烧终于转为了肺气肿，半夜里她走了。听到菲菲母亲低沉的哭声，战士们一下子拥了进来，他们摘下军帽，缓缓地举起了右手。

他父亲是个老志愿兵，已在部队多待了八年。战士们私下里抱怨：都怪他，他要是正常转业，菲菲就不会来山上，也就不会发生这样的事情了。

菲菲被埋在了格尔木烈士陵园外的角落里，凡是有战士进城或出差路过，都会买些好吃好玩的去看看她。战士们站在她的墓前说：程老兵，我们来看你了，只要在咱连队待过的军人，无论走到哪里，都会记挂着你。你永远是我们的战友，是我们连队独一无二的文艺兵。

为了纪念她，连里形成了不成文的规定，15年了，兵们走了一批又一批，换了一茬又一茬，每次点名，点到她的名字，全体士兵就饱含深情地一起回答。

她这个编外女兵的兵龄只有6天。

## 一碗泉

我当兵的这个地方，离罗布泊只有5公里。

这里一年只刮一场风，一场风从春刮到冬。头些年离营房不远有几棵胡杨柳，这几年大旱少雨，慢慢都死掉了。沙漠上最可敬的生命是骆驼草，它的生命力极其顽强，在和恶劣自然环境的较量中它永不言败，悲壮地坚守着自己的阵地。

有时候，站一班岗下来时，脚下的沙能埋到人的膝盖，帽子上也能抖下一捧沙。沙粒打在脸上生疼生疼的，只要出了屋门，就是一嘴沙。刚来到时，我的情绪特别低落，跑到离开营区几里远的沙漠里，望着家乡所在的东方，高声呼喊："爹、娘，我想你们，这儿不是人待的地方，儿子还能不能活着见到你们都很难说了。"在连队里谁也不太敢显露出来，怕影响自己的进步。

我们三班长看出了我的心思，找我谈话时，向我讲述了这样一个故事：原先，有一个南方新兵，是个城市兵，来这儿后，看到满目荒凉的景象，看到一望无际的戈壁滩和沙漠，他接受不了"白天兵看兵，晚上数星星；吃水贵如油，风吹石头跑，太阳如灯照"的这个现实，他做梦都在呼吸着家乡湿润的空气，他曾天真地制定了这样一个计划：趁晚上出去上厕所之机，跑出这儿，找个有火车的地方坐车回老家去。好不容易等到了一个好天气，这天晚上，如他设想的一样，没风，天上有月亮。等战友们都睡熟后，他悄悄起来装着上厕所的样子，出门后观察了一下四周，跳出围墙消失在了夜幕了。

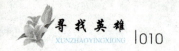
结果他在沙漠里迷失了方向。等四天后战友们找到他时，他已脱了水，还剩最后一口气。战友们给他喝了水，把他抬回了部队，他捡回了一条命。

班长还说，那个南方兵被救后，曾无数次地对战友们述说：在我倒下后的意识里，身边有眼碗口大的清泉，那水清澈见底，可我怎么也爬不到它的边上去。有一刻我睁开了眼睛，努力聚起了一点力气，想站起来，但试了几次都没有成功，四处都是荒无人烟的沙漠，哪有什么清泉。

后来我知道了班长讲的那个南方兵就是我们现在的营长，他在这儿已经待了十六年。我们营长有句名言：这儿的土地再贫瘠，环境再艰苦也是我们祖国的土地，也需要有人来守卫。男子汉可以流血流汗，但决不流泪。

后来我还知道了，我们这儿原本是没有地名的，"一碗泉"这个诗意的名字是我们营长的杰作。

## 母爱醉心

父亲走了二十多年了，母亲的身体硬硬朗朗的。这是曾子凡心里最欣慰的事。前些年每次接母亲来北京小住，待不上一个月，她就闹着要回家。说：你们这儿住在高楼里，接不上地气，说话也没人能说到一块去。再待下去就把我待出病来了。要是孝顺，就送我回家吧。这些年母亲岁数大了，出门不方便了，自从副师职的岗位上退下来后，他就经常回去一趟看看母亲。

早晨一起床，他对老伴说：我要回家，老娘想我了。

老伴说：那叫谁陪你回？

不需要，我自己回就行。

你以为你还年轻，七十多岁的人了。

老伴不放心他，就叫孙女雪菲请假陪他回家。

爷俩下了火车，打了个车向一百多公里外的山里驶去。路上，孙女雪菲说：爷爷，你这是第三次回家了吧。

是啊，想你太奶了。

太奶也真是的，不会享福，去咱家待着多好，非要回乡下住。

你不理解，乡下空气好，人气浓，她能活得舒坦。

车子一进山，曾子凡问司机：师傅，能打开窗户吗？

可以。

打开窗户，曾子凡深深吸了一口气。他心里想，这是真正的家乡的空气，这种熟悉的味道一下子灌满了他的五脏六腑。

车快到村子时，他对孙女说：菲菲，知道吗？当年我就是从这条小路从大山里走出去的。这东山小时候我去上边逮过蝎子，来这小河边割过草……

一进家门，他站住了。母亲端坐在院子里，很安详的样子。

曾子凡轻轻喊了一声：娘。生怕吓着母亲似的，声音又绵又柔。见母亲没有反映，他的眼睛湿润了。

他紧走几步，在母亲面前，轻轻地跪下了。母亲转过脸，昏花的双眼中有亮光闪过，继而脸上露出一丝宽慰的笑容。他把几乎已是满头白发的脑袋深深埋在母亲怀里，母亲用那双满布青筋的手把他揽在怀里，轻轻地拍着。许久许久，母子俩就这样抱着。当母亲捧起他的脸时，他早已是泪流满面。

站在一边的雪菲看到眼前的这一幕，眼睛里也盈满了泪水。

深夜了，娘俩个还在陈谷子烂芝麻的聊着，雪菲早已进入了梦乡。

娘，您也睡吧，咱们明天再聊。

行，你也累了，早点歇着吧。

躺下了许久，母亲也早已经熄了灯，他却怎么也睡不着。

突然屋内有一丝亮光闪过。母亲轻手轻脚地来到他的床前，里里外外给他掖了被角，然后手电照着别的地方，在手电的余光里端详着他，久久，久久。

他的眼角有两行泪水悄然流下。他装着熟睡的样子，没有去擦眼睛。他心里想，母亲这辈子太苦了，而我太幸福了，这样的岁数了，还能享受到母爱。在母亲心中，不管你多大了，永远还是个孩子。

他脑子里过起了电影：自己这一生的酸甜苦辣，沟沟坎坎。

第二天早上雪菲起来，看爷爷睡得那么香甜，脸上还带着笑意。心里想，这老顽童，不知又做什么好梦了。

当家人忙完早饭，太奶让雪菲喊他吃饭时，他再也没有醒来。

母爱，使他醉过去了。

# 寻找英雄

据平阴县志记载：1943年秋，日本鬼子占领了老东阿城。第二年春天在洪范南的王山头和周庄中间修建了一个炮楼和碉堡。日本人白天去附近村里查谁家有共产党、谁家有在外当八路军的。至1944年春天碉堡被我地下党炸掉前，先后杀害我地下党和八路军家属共一百多名。炸毁敌人碉堡的是谁至今尚无定论。据分析，该同志有可能在此次行动中英勇牺牲了。解放后，我人民政府在被炸毁的日本人修建的碉堡原址修建了一座无名英雄纪念碑。

父亲也曾参加过八路军。记得小时候，母亲曾无数次的给我们姐弟讲起过这样的故事："我嫁给你爹时，他十八岁，我十六岁，结婚刚两个月，你爹就被村里的地下党动员动员去当了八路军，听说他们在县大队训练完，驻扎在山东面的丁泉村。有一个晚上，一家人都睡下了，突然听到有敲门声，你爷爷披上衣服去开门，走到门口时先咳了两声，小声问：'你找谁？'你爹小声答到：'是我。'你爷爷开了门。你爹一身庄稼人打扮走了进来。他说是趁天黑从山上摸黑过来的，他给你爷爷说，到部队上后，还没有打过仗，天天就是训练，一点也不危险。可回到我住的东屋后，他说，真不想再走了，到部队上不到三个月，已打了五六仗，头一天还在一个土炕上睡觉的人，第二天在战场上一个一个像麦个子样被擂倒了。晚上老做恶梦，梦到他们几个等他睡着后，来挠他的脚心。他先是在梦中笑，然后是醒来哭。早晨村里有鸡叫二遍时，你爷爷喊你爹让他上路。你爹只是答应，赖在被窝里不肯走。我说，你快走吧，等天明了你就没法走了。每次讲到这儿，母亲脸上总是现出一片红晕，停顿一会。然后接着说，村里的保长（实际上是地下党），看我刚过门，能说会道的，让我当村里的妇救会主任，说是要送我去县上接受秘密培训。你爷爷不愿意，找人捎信让你爹回来，你爹又一个晚上偷跑回来时已是下半夜，他听了你爷爷的劝说后，连夜带我逃了出去，我们逃到天津卫后，靠你爹给人家送煤为生。解放后因挂着你爷爷、奶奶，我们就带着你们大哥、大姐回来了。都怪那时你爹他没出息，听你爷爷的话，怕我出来混好了不要他了。不然的话，咱家也可能现在就是城里人了。"每每说到这儿，母亲总是用眼睛剜一眼父亲说："你看什么看，难道事实不是这样？"这个时候，父亲总是面露宽厚地笑容，小声说："你那时怎么不去当你的干部，又没有人拉着你？"

在我们幼小的心灵里，总是为父亲那时当了逃兵而感到有些脸上无光。

也许是为了堵上母亲的嘴，也许是命运使然，爹后来把我和弟弟都送到了部队上。早已转业回到县志办公室工作的弟弟来信说：县里要重修县志，你这个中校军官被列入其中，望尽快邮一个你自己的简历来。弟弟还说：为重修县志，他们查阅了县档案馆的所有资料，走访了所有能找到的老八路和地下党，弄清了好几位烈士的籍贯问题。奇怪的是，1944年在咱们村西炸掉敌人碉堡的那位无名英雄，始终查不到是谁。但他的事迹还是像解放后的那本县志一样被放在了第一条。

父亲咽气时，我因为部队上有抗洪救灾任务没有来得及赶回去，弟弟告诉我：父亲咽气时说，转告你哥哥，在部队上一定要当个好兵。我死后，把我埋在村西边地里那块无名碑下就行了……

**第二辑**
## 长吻的魔力
XUNZHAOYINGXIONG

# 爱吃饺子的那个人去了

火情就是命令。

早晨5点多，中队接到华新大厦着火的报告，警铃声急促地响起。在临时来队家属房休息的杜华一骨碌爬了起来，看了躺在身边的妻子秀一眼，他把动作放轻了许多。妻子趁暑假带儿子来部队上看他。娘俩刚来三天，他本答应趁今天是星期天，带她们俩去公园玩的。说话间，杜华已经穿戴整齐，提上鞋就想向外跑。妻子秀睡眼朦胧地问："华，怎么了，出事了？"杜华转回身，一边笑着说："有火情，我是副队长，不去不行。"一边上来拍了下秀的脸蛋接着说："不好意思，把你吵醒了，天还早着呢，你再睡会吧，门我带上就行了……"

一上午，秀都觉得心里慌慌的。杜华不在家，不能出去玩了，她就动手整馅准备包饺子，这是杜华最爱吃的饭。有一次杜华探家，正好赶上春节，她看着杜华吃水饺时的那个馋劲说：看你这个吃相，像几天没吃上饭了似的。杜华嘴里含着没来得及下咽的饺子说：在南方，一年也吃不上一次这么正宗的饺子，老婆做的饺子就是香，就是好吃，一辈子也吃不够。她说：等能在一起了，我天天给你包饺子吃，撑死你。想到这里，秀的脸上露出一丝笑容。

秀就这样一边想着心事一边切菜弄馅，不小心被刀划破了手。

包了包手，她继续干活，包饺子她时不时她抬头看一下表。

十一点半，杜华没有回来。

十二点，还没有回来。

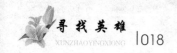

十二点半，她有些坐卧不安了。她抱上两岁的儿子来到营房。刚进入营区，就看到消防车鸣着警笛进进出出，秀心想，这火着得可够大的，现在还有消防车出去，肯定火还没有扑灭。看到有些军人脸像包公，三三两两站在一起议论着什么。她抱着儿子突然转脸开始向回走。丈夫是领导，火没扑灭肯定不会回来的。要去问他怎么还没回来，官兵们还不笑话。有时一年都见不上一次面，这一上午没见，就来找了。他回来还不训我，最起码会说我没出息。先回去把水烧开，等他一进门，饺子立即下锅。早晨又没吃早饭，干多半天活，他一定饿坏了。

回到临时家属房，儿子哭闹个不停，她打开小收音机哄儿子，原想找找看有没有儿歌什么的。儿子不愿意，伸手拿过收音机，自己玩着。儿子玩着玩着，自己拨出了一个台，儿子高兴地抬头看妈妈。这时收音机里传出了这样一段话：各位听众，我现在是在本市华新大厦着火现场向大家作现场报道，今天早晨发现的大火，在消防官兵的努力下，八十多名大楼内的工作人员都安全撤离了现场，无一人伤亡。正在救火过程接近尾声的时候，不幸的事情发生了，大厦楼体突然倒塌，有十几名消防官兵被埋在了下面，有关部门正全力营救……听到这儿，秀软软地瘫在了地上。

这时，门口进来了几个人，他们把秀扶起来，其中有个女同志坐在了她身边。领头的人说：玉秀同志，我是政治处主任刘项，着火现场发生的事情你是不是已经知道了一些。今天上午十一点十分，大火快扑灭时，突然发生了大楼倒塌事件，包括你家老杜在内的十五名官兵被埋在了里边，各方面正在全力寻找抢救他们，请你看好孩子，自己也要多保重。一有杜华同志的消息，我会马上通知你。这位是政治处的沈干事，她留下来陪陪你。秀看了一眼桌子上那些等着丈夫回来煮的饺子，又扭脸看着正在说话的刘主任说："主任，您给我说实话，我们家杜华是不是已经……"刘主任动情地说："玉秀同志，请你相信组织，杜华同志现在还没有找到，一有消息，我们会及时和你联系的。但大厦倒塌了一半，现场很危险，这给营救工作带来了一定的难度，但我们会尽全力抢救我们的战友的，所以还是请你在家等消息吧。"

下午没有消息……

傍晚没有消息……

半夜没有消息……

秀越来越感到了恐慌、害怕……

第二天，从收音机报道听到找到的牺牲官兵名单中还是没有丈夫的名字，她心里既感到紧张又怀有一线希望。她想，只要丈夫活着回来，第一顿饭一定要让他吃上自己亲手包的饺子。

第三天，终于传来了找到丈夫遗体的消息。她眼前一黑，晕了过去。

战友们从杜华的身边发现了他戴的安全帽，里边用白粉写满了字：秀，假若我不能活着出去，儿子留给父母，今后的路还长，你一定要再走一步……秀，我现在感觉，一是喘不上气来，二是太饿，多想吃上一碗你包的饺子……

# 拾荒人的梦想

我来城里快十年了。

十年前，我从部队上退伍回到了大山里的家。参军走时，我是村里的民办教师，从父亲手里接过教鞭时，我没想过还要离开讲台。小青在幼儿园工作，我们两个人彼此都有好感，但我知道自己家里穷，人家小青父亲又是村主任，自己配不上小青。没想到入伍季节到来时，村主任动员我去部队上锻炼锻炼。参军走的前三天，小青家托妇女主任来做媒，我和小青订了婚。

原定春节前我和小青结婚的。晚上，我提着礼物怀着忐忑不安的心情敲响了村主任——我未来岳丈家的门，出来开门的是主任媳妇，我喊了声大娘，对方只用鼻子"哼"了一声，算是回答。进了屋，没见小青露面，我把手里的东西放下，不知手放哪儿好。我勉强笑了笑问："我大爷没在家？"

"他有事出去了。"

"小青也没在家？"

"她去县城她二姨家了。"停了片刻，又停了片刻，小青娘接着说："祥春，你聪明能干，又有文化，将来肯定能找到个比小青更好的，俺们家小青她……

"小青她怎么了，是出什么事了？"我着急地问。

"我就和你明说吧，都是我们家小青不好，她在她二姨家住了一段时间，没想到和城里的一个小青年好上了，那小青年他爸是个局长。那小青年死活追她，生米已做成熟饭了，我们也没办法。你看这事怎么办吧！"小青娘一副死猪不怕开水烫的作派。

我不知自己怎么离开小青家的。

我觉得村人看自己的目光都有些异样，好像倒是我做了什么见不得人的事。我原想，自己回来还能去当民办教师，像父亲一样，当一辈子民办教师也不后悔，可一打听，学校里根本没有自己的位置。一个寒意逼人的早晨，我狠狠心看了小村一眼，逃离了家乡那个地方。

这是祥春给我讲的他自己的故事。

由于我最近正在写一部关于拾荒人的纪实文学，一个偶然的机会认识了祥春，也许都曾当过兵的缘故，我们聊得很投机。后来我知道他找了个青岛姑娘做老婆，而且长得很漂亮。儿子现在也已经三岁了。

这天是星期六，他打我手机，说要请我喝酒。我说，喝酒可以，我请你吧。

在太平路路口一个小酒馆里，我们俩喝了一瓶二锅头，又喝了些啤酒。我们俩都有些醉了。他说：王大哥，你知道吗？我过去的那个对象小青，并没有像她妈说的被一个什么局长家的儿子看上了，实际上他们是看我退伍了，没多大出息，不想让女儿嫁给我，所以才编了那样的瞎话骗我。后来小青嫁给了镇上一个杀猪的。我不把你当外人，我告诉你一个我个人的秘密，在这之前我谁都没给说过，你一定得答应要给我保密。我说：你要信不过我就别说。他红着脸说：将来，我一定要干一件轰轰烈烈的事情。我心里一直有个理想，等我攒够了钱，一定回家乡的镇上去建一所希望小学，要建最好的设施，请最多的老师，我现在已积攒了十五万元的奖金。将来成立了自己的废品回收公司，教师员工的工资都由我来出。我说的是真心话，大哥，你不会笑话我吧？看着他的一脸真诚和满眼泪光，我突然一下子也被感动了，我说：到你的希望小学剪彩那天，我一定去给你捧场。他说：一言为定。我说：一言为定。我们两个男子汉相拥而泣。别的吃饭的人和小饭馆的工作人员都莫名其妙地看着我们俩。

人人心里都有梦想，这就是一个拾荒朋友的梦想。望着面前的祥春，我还想到：芸芸众生中，有的人穿着体面干净，心里却很脏；有的人穿得脏点旧点，他的心灵却干净透明，像我的这位祥春朋友。

# 意志

炮火连天，硝烟弥漫，战斗正进行得异常激烈。

空军前线指挥部内。

喂，空军前线指挥部，我是823高地陆军5团，我部五个小时内向山上3次冲锋均没成功，残伤了我一百多个弟兄。在北纬线239°有美军的几个重火力点，我部请求空军给予支援。

空军指挥部明白，你部下一次冲锋定在什么时间？

天亮以前。

好，823高地5团听好，我马上汇报，请你们做好下一次冲锋的准备。

823高地陆军5团明白。

山沟里一块平地上，停放着我军的几架飞机，这几架飞机是苏联老大哥援助的，飞行员也是我军历史上的第一批飞行员，这其中就有被人们誉为"拼命三郎"的刘飞。在过去的几次大战中，刘飞机智勇敢、沉着冷静地完

成了任务。被上级授予战斗英雄一次，立一等功两次。

当洪副参谋长交待完这次的战斗任务，刘飞第一个站起来主动请战：首长，让我上吧。我有多次实战的经验。

所有飞行员都站起来请战。

刘飞声调高过所有的人说：我这条命就是解放军给的，再说，他们都有家庭，我是无牵无挂。

洪副参谋长点了点头，大声宣布道：刘飞同志，请你做好投入战斗的准备。其他同志待命。

临起飞前，洪副参谋长拍了拍刘飞的肩膀：你小子给我记住了，一定要沉着应战，我们空军的底子薄，就这几架飞机。不但要完成任务，这飞机从这儿给我开走的再给我开回这儿来。

是。请洪副参谋长放心，我保证完成任务后，把飞机安安全全开回来。

刘飞向洪参谋长敬了个标准的军礼。然后转身上了飞机。

飞机像离弦之箭射向了天空。

它在上空转了半圈，像是要把这个地方记得深刻些。

823高地，陆军5团再次吹响了冲锋的号角。

枪炮齐鸣，喊声震天。敌人的几个火力点又吐出了火舌。

只见夜空中有红光一闪，那红点向敌人的火力点上方移来。

片刻后，火光冲天。过了一会，敌人的几个火力点一齐哑了。

这时，天空中又出现了好几个红点，天外传来枪炮声。

空军前线指挥部，谢谢你们的支援，敌人的几个火力点全被干掉了，我们已经顺利越过了这几道封锁线。天空出现了好几个红点，并有密集的枪炮声传来，是不是我们的飞机被敌人发现了，请通知飞行员撤吧。

空军前线指挥部明白，再见。

另一间指挥室里，无线电波时断时续。我是01，神鹰一号听到请回答。

没有回音。

喂，神鹰一号，神鹰一号，我是01，01呼叫，听到请回答。

…………

指挥室的空气像要凝固住了，简直能使人窒息。

突然电波声强了起来，一阵杂音中传来一个微弱的声音：01，01，我是……神鹰……，我已完成任……但我可能回不……

信号一下子又没有了。

半个小时后，我方山沟里的飞机场上，夜幕中，洪副参谋长来回踱着步，随行人员也不时地抬头向天上望一眼。

正在大家心急如焚的时候，一个战士突然喊：快看，神鹰一号回来了。

人们的目光都看向了天空。

天上，一个红点越来越近。

洪副参谋长长出了一口气，命令道：救护人员和救护车做好准备。

红点越来越近，但它运行的路线一点也不规则。

当大家看到，红点慢慢变成飞机，离大家越来越近时，飞机像喝醉了酒似的忽上忽下，忽左忽右，飞机发出的轰鸣声尖厉又刺耳，极不正常，大家的心一下子都提到了嗓子眼。

飞机快到地面时，并没有按地面指挥塔的命令执行，而是摇摇晃晃，在机场上空转了一圈，才开始歪歪斜斜冲向跑道，轰鸣声简直能把整个世界震醒。

虽然飞机冲出了跑道，但它总是停下了。人们愣了片刻，一起向飞机跑去。

眼前的飞机，使人们一下子惊呆了，这哪是飞机，几乎就是一团废铁。人们用东西撬门撬不开，从一个大点的窟窿钻进去，发现飞行员刘飞身上全是弹孔，身上、脸上的血都凝固了。他的双手紧握着方向盘，任怎么弄也掰不开。在场的所有人都失声痛哭。

洪副参谋长安排，让那个飞机方向盘随他下了葬。在给他颁授英雄称号的命名大会上，洪副参谋说：我们军队有这样的钢铁战士，还有什么打不赢的仗……

# 长吻的魔力

　　宋阳买早餐回来，轻手轻脚地进了卧室，宁静像个小猫似的蜷在那儿睡得正香。他坐在床边仔细地端详着妻子，目光里满是柔情。宁静慢慢睁开眼睛，见宋阳盯着她看，不好意思地问：你干什么这样看着我？不认识啊。

　　宋阳刮了下她的鼻子：怎么，还害羞。我觉得我老婆越来越好看了。

　　宁静说：去你的吧，你是想讨我高兴，让我平常对你儿子好一点，是不是？

　　宋阳说：是，也不是，我说的可是实话。来，我侍候你们娘俩个起床，待会儿咱们还得去医院。

　　吃完早饭，宋阳去洗碗，宁静开始打扮自己。宁静一边化妆嘴里一边哼着歌。等两人收拾利索，刚准备出门，突然，宋阳的手机响了。

　　接完电话，宋阳满含歉意地对宁静说：太对不起你了老婆，刚才是支队刘政委打来的电话，市政府边上的华威宾馆着火了，已去了五辆消防车……

　　我真是倒霉透了，每次去医院检查身体，人家都是成双成对，就我一个没有人陪。医生、护士看我的眼光都不一样，好像我肚里的孩子不明不白，不知从哪儿来的似的。

　　火情就是命令，虽然政委说，赵副队长带队去了，但作为支队长，我还是放心不下。老婆，你就再委屈一回，下次我一定陪你去。他边说边走回了屋里。当从卧室出来时，他已换上了军装，手里还抱着老婆的外套。他走到妻子跟前，温和地说：来，亲爱的，穿上外衣，咱们一起出门。我知道你是刀子嘴豆腐心，你嘴上这样说，心里是能理解我的。

　　听了宋阳的话语，宁静脸上的怒气消下去了一大半，乖乖地配合丈夫穿上外套，依在丈夫的怀里不肯离开。宋阳用眼光偷偷瞄了一眼墙上的钟表，双手即小心又用力地把宁静抱住，宁静才开始还有些拒绝，慢慢就接受了这个长长的吻。当两人结束这个几乎使人窒息的长吻后，宁静娇嗔着说：讨厌，谁容许你亲我的？

宋阳笑着说：今天我这个吻，可不是一般的吻，给你体内注入了神力，请你相信，今天你走到哪里，哪里都会有人帮助你、让着你的。

我才不信你的鬼话哪。宁静说。

你回来再说，看看我说的话是不是灵验？

两人手拉手出了门，走向路边打车，他们还没招手，一辆车从后边过来，轻轻地停在了他们面前。宁静还有些纳闷，司机师傅已经笑着走下了车，拉开另一边的车门，请宁静上了车。

宋阳嘱咐道：别着急，路上小心。

司机师傅说：您就放心吧。

看着载有妻子的出租车走远，宋阳又打了一辆出租车，向相反的方向走了。

宁静坐的那辆车开车的是个女司机，一上车她关切地问这问那：几个月了？一切都正常吧？没事多活动，要开心，注意营养，定期检查……一路上，说得宁静心里热乎乎的。下车时，司机不要车费，宁静坚持给，司机说没零钱找，只收了十元钱。下地铁台阶时，一个小姑娘原是向上走的，两人错过后，她回头看了一眼，接着转身又走了下来，对宁静说：阿姨，我来扶你吧。她一口一个不用，不用。但小姑娘还是固执地架住了她的胳膊。

上了地铁车厢，没有空座，宁静刚站稳，一个小伙子站了起来，对她说：您坐这儿吧。她有些不好意思，说：您坐吧。这时离她近一点的一位中年人也站了起来，笑着对她说：您坐这儿吧，我马上到站了。她说了声谢谢坐了下来。她注意到了，实际上地铁运行了好几站，那位中年人也没有下车。她心想，真像宋阳说的，他的吻起了作用？今天净遇上好人了。

到了医院，挂号、检查、拿药，一排队，她后边的人就会主动对她前边的人说，让她排前边吧。她怎么说不用也没用，大家都让着她。回来时她在路上停了一下，一个老大爷走上来问她：闺女，你需要什么帮助吗？她忙说：大爷，不用，谢谢您。去医院这一趟，来回都出奇的顺利。

　　刚到家门，宋阳也打车回来了。他没有回单位，是直接从火场回来的。脸都没来得及抹一把。一见面，俩人同时说出了一句话：你没事吧。说完俩人眼里都盈满了泪水。

　　进了家门，宋阳关切地问：路上有没有人帮助你？

　　你怎么知道的路上有人会帮助我？宁静反问。

　　我那个吻的神力我还不知道？

　　瞎吹吧你就。虽然这样说，宁静还是满足地笑了。

　　趁宁静不注意，宋阳偷偷从宁静外套上拿下了别在上面的那个纸条。

　　那个纸条上写着两句话：我是一名消防战士，因有火情去救火了，请您替我照顾她，谢谢。

# 战友啊战友

　　张杰当兵快三年了，再待一个月他就要退伍了。

　　他背着工具包行走在这片大山皱褶的小路上，身届跟着他的无言战友威风。连队来过电话了，说再待几天就会派一个通讯兵来接他的班。

　　张杰拿起望远镜望了望前方的电线杆和原野。

　　除了半个月一次连队的吉普车上山来给他送些给养，能和司机说几句话外，他无人说话和交流。

　　刚来那段时间，有时他一连几天不说一句话。后来他觉得这样下去不行，万一自己得了失语症，将来怎么找女朋友，怎么生活呀！

　　所以他就对大山说话，对大山唱歌。他把从小会唱的歌都唱了个遍，然后从头再唱。后来他从录音机里学了新歌，再唱给大山听。大山也是知恩图报似的，附和着他唱，像二重唱。再后来，他学会了和威风交流。

这样一边想着他已经翻过了一座山，他回头看看威风，对它说：威风，累了吧？咱休息会儿再走吧。

威风用自己的语言"嗯"了一声，在张杰的身边坐了下来。

张杰说：你看着工具啊，我去方便一下。

威风向一边一扬头，嘴里发出了干脆的一个短音，好像是说：你放心去吧。

张杰回来对它说：你也去方便方便吧。

威风听话地站了起来，去方便了。

威风回来后，像个孩子似的又坐在了张杰的身边。张杰抚摸着威风的脖子说：威风，再待一个多月，我就要走了。我会想你的，你会想我吗？也许这一辈子咱们再也见不上面了，我真舍不得你啊。说着说着，张杰的眼泪无声地流了下来，他扭转脸，抬起胳膊擦了把眼泪。回头看威风，只见威风的眼泪已经流到了嘴边，嘴里发出一种奇怪的声音，张杰听明白了，这是威风发出的哭泣声。张杰把威风抱在怀里，久久，久久没有放下。张杰说：我骗你的，也许一年，也许半年，我会回来看你的，我怎么会舍得我的威风。说着他用手去给威风擦眼泪。

再上路后，威风的情绪一下子消沉了许多。它以前要么跑到前边去等张杰，有时张杰都看不到它的影子了，要么跑在后边，张杰一回头，也是找不到它了。刹那间，它又出现在了张杰的身边。刚才听了张杰的话，它不向前跑，也不落在后边，一直跟在张杰的身边，再不让自己离开他的视野。

张杰拿起望远镜去望前边的线路后，又习惯地去望原野，望远镜里出现了情况，他一边调整焦距一边集中起了精神。他负责维修线路的这几座山中，由于地理环境恶劣，很少有人上来。就是山下，方圆几十里也没有人烟。

张杰揉了揉眼睛，找了个高处，又端起了望远镜，这不可能，远方竟有三个军人在向他这边走。而且有一位头发都白了老军人，还有一个女兵。张杰看了一遍又一遍，在确定不是错觉以后，心情有些紧张起来，他们来这荒无人烟的山上干什么？

他加快了向前的步伐，回头说：威风，提高警惕了，前面有情况。威风

抖擞了一下精神，跟上了他的步伐。

双方越来越近，对方几个人发现他后，不但没有回避，而且使劲地向他招手。他越来越不敢相信自己的眼睛，他从望远镜里看到，那个老军人肩上有金星在闪。

双方终于走到了一起。

报告首长，我是龙拉尔警备区五大队三中队六班战士、明川值勤点巡线员张杰，现正在执行巡线任务。请指示。

那三个人还完礼，将军又上来和他握手：小张战友，你辛苦了。早就听说过明川这个值勤点，由于这儿是盲区，你的工作很重要，也很光荣。这儿生活工作环境艰苦，你一个人守在山上了不起啊。我代表部队领导谢谢你啊。

另一位年轻军人说：张杰战友你知道吗，这是咱军区的孔陨军长，特意来看望你的。

孔军长说，听说你十月就要退伍了，有什么要求就提出来，你们大队长、中队长解决不了的，我来给你解决。

在这之前，张杰三年来见到的部队最高首长就是副中队长。他既激动又惴惴不安地说：首长，我能和您照张相吗？

刘秘书，拿相机。

照相时，张杰又得寸进尺地提出了要求，他试探性地问：让威风也参加可以吗？

当然可以，它是你的战友，也是我们的战友。

张杰不但和孔军长照了相，孔军长还让在军文工团唱歌的女儿给张杰唱了一首歌。

战友战友，亲如兄弟……

歌声在山谷中回响着……

第三辑
**女兵的心事**
XUNZHAOYINGXIONG

# 寒冬里的夏天

倒了两次火车、三次汽车，支荣终于被送给养的军用吉普捎到了目的地——丈夫睢乡所在的哈里边防哨所。

司机帮忙卸下给养，向睢乡做了个鬼脸，笑着说：睢排长，嫂子来一趟不容易，你可要好好——招待招待。

睢排长说：你小子——，吃了饭再走吧。

不了，中午饭前还能再赶一个哨所，要不到天黑也跑不完这几个点。

汽车走远了，睢乡和支荣互相望了一眼，都有些不好意思。

睢乡说：支荣，进屋吧，外边风大。

进了屋，支荣好奇地打量着屋内的一切。

睢乡倒了一杯水端过来说：你渴了吧，来，快喝点水。

支荣红着脸接过杯子，说了声：谢谢。

不一会，睢乡又拿过一块热毛巾来说：你擦把脸吧。

支荣脸又红了红说：谢谢。

沉默了片刻，睢乡想了想说：你一路上还顺利吧？

支荣想了想说：挺顺利的。

这儿条件差，让你受委屈了。

…………

两人都觉得对方有点陌生。

他们结婚两年了，只是结婚时在一起待了半个月，那是两年前的冬天。

吃了中午饭，睢乡说：支荣，你在家休息休息吧，我去巡线。

我不累，我跟你去巡线。

那好吧，拾掇一下咱们走，你多穿点儿衣服。

可天气一点也不冷呀。

这儿的天就像小孩子的脸，说变就变。

睢乡检查了下工具包，向里边放了些东西。两个人一起上了路。

在野外，支荣兴奋地跳起来，想去摸一下天，那天低得人伸手几乎能够得着，蓝得耀人眼睛，远方一望无际，人处在这样的环境里，心胸好像也宽广了许多。

见支荣高兴的样子，睢乡摇了摇头，笑了。他试了好几次，见支荣没有反对的意思，才去拉起了她的手。

当两人天黑前快回到哨所时，天空忽然乌云密布，狂风大作，不一会，大雪就铺天盖地地下了起来。睢乡看了一眼像惊弓之鸟似的支荣，关切地说：别怕，有我呢，咱们就快到哨所了。

他把支荣的手握得更紧了。

支荣像个孩子，任由睢乡拉着向前走。

当两人回到哨所，外边地上的雪已有了膝盖深。

回到屋里，睢乡把炉子弄得旺旺的，做好饭两人吃了后，睢乡说：你们城里人爱干净，我给你烧点水，你擦擦身子吧。

好的，不过，不许你偷看。

你把我当成什么人了。

支荣擦完身子喊他进屋时，看到眼前的妻子，他一下子惊呆了：妻子化了淡妆，脸上白里透着微红，真是好看啊。她上身穿着白色短袖上衣，下身穿着红色的短裙，脚上穿着一双时髦的松糕凉鞋，那做派，那形象，比任何模特一点也不差啊！

后来，妻子又给他穿了各式各样夏天的职业装、休闲装，还有一套夏天的新娘装，头型也换了许多花样。妻子每换一身衣服，都认真得一丝不苟，她的时装步走得别有韵味和风情。

睢乡如痴如醉地看着妻子的表演，双眼里涌满了热泪，他情不自禁地跑上去紧紧把妻子搂在怀里。

他写信给妻子说过，真想看看你夏天穿裙子的样子。

寒冬的边关哨所里，这一刻如夏天般盈满了温情和激情。

# 在一起

这天，在鲁西南一个叫王山头的村口，从一辆出租车上下来了一位穿着淡蓝色裙子的少妇和一位看上去有七十多岁的老太太。大夏天的，老太太头上戴着的那顶已经有些发白的男式军帽很是惹眼。

一个光着膀子的半大小子一边直眼看着少妇，一边纳闷地说：这热天的，还戴个破帽子，这人神经不正常吧？

一边的大人对他说：可别瞎说，她可不是一般的人，她男人王保田是村西王家门里的。解放前当八路走的，后来在部队上当了大官，听说是什么将军，住的地方有8个人站岗。后来她丈夫死了，死前他要求落叶归根。骨灰送回来时那阵势大了，连省里都来了人，县里的领导全来了，公安局来了老多人。从那之后，这老太太每年都回来　两次，在晚辈家里住上一阵子，隔三差五地就去一趟东山坡，在她丈夫的坟前一待就是多半天。

另一位村里的妇女说：她老头死了得有二十年了吧，那时她看上去还很显年轻，六十多岁看上去也就五十多岁的样子，一直也没有改嫁，不容易啊。

在村人的记忆里，丈夫死前她没戴过帽子，一直是一头黑黑的长发。好像是她丈夫死后的第二年起，她就戴上了这顶帽子。是脑袋上得了什么毛病还是别的什么原因，大家不得而知。

第二天上午，在孙女的陪伴下，老太太来到了东山坡老头子的坟前。老太太把酒和一些食物摆好，自言自语地说：老头子，我来看你了。你一个

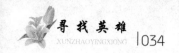 
人在这里很寂寞吧？你看看你孙女都这么大了。你头两天托梦给我说你想我了，我就赶紧来了。你就是不托梦叫我，这两天我也准备来看你了。这些都是你喜欢吃的，你起来吃吧。还有你最爱喝的酒，但酒要少喝，喝多了伤身体。

孙女菲菲坐在一边，心思早飞回了城里。她的老公有了外遇，才开始她陷在感情的漩涡里不能自拔，后来两人离了婚。她和老公可是通过八年的马拉松恋爱才走到一起的。在他们恋爱期间，经历了许多考验，特别是有一次，男朋友出了车祸，腿和胳膊都被撞断了，故意冷淡她，拿话刺激她，她委屈地大哭。俩人却始终没有分手。可为了一个女人，他变了心。离婚后，她又认识了一个男朋友，当她把自己的一切都给了对方后，没想到他却是个有家室的人。她的感情又一次受到了重挫。

奶奶喊她：菲菲，跪下给你爷爷磕三个头吧。

菲菲收回了思绪，按奶奶的吩咐，给爷爷磕了三个头。

奶奶摘下帽子，露出了一头白白的长发，自言自语地说：首长，你看我的头发，还是你喜欢的样子吧。

那还是全国解放前，在一次战斗中他受了重伤，被送到后方医院，经过手术和治疗一段时间后，他被分给她负责护理。有时她用简易的轮椅推他出去转转。有一次，他小声说：楚护士，有一句话，在我心里存了好久了，我说出来，你可别生气。她以为是自己工作上有什么不足的地方。就说：首长，有什么话您就说吧。我说了你真可别生气？她坚定地说，不生气。他说：我特别喜欢你长发飘飘的样子。她的脸一下子变得火辣辣的。

她想自己和他是不可能的，自己才二十出头，他快四十了。自己只是个小护士，他却是个大团长。

他伤愈回部队时，托医院的领导来提亲，当时她没答应。没想到一年后他又一次负伤，自己和他又互相落到了对方手里。他又一次对她说了那句话：我真的喜欢你长发飘飘的样子。她想，这也许就是命吧，两人终于走到了一起。

孙女菲菲突然问：奶奶，你说这个世界上有真正的爱情吗？

她肯定地说：有啊。

老头子死后，她把自己的辫子剪了，火化前放在了他的身子底下。

后来她又为他留起了长发。

他走后不久，她得了好头痛的毛病。什么医院都看了，什么药都吃了，就是不管用。突然有一天，她发现了放在卧室里他的一顶军帽，她戴在头上，头好像一下子不痛了。从此，她一年四季都戴着那顶帽子。

她心里明白，那是他在保佑她。

他们永远在一起。

# 谁的葬礼如此隆重

平平常常的一个日子里，有人突然发现，收废品的哑巴老汉好久不见了。几乎整个小城的人都知道，城西的一家工厂附近是他的根据地。至于那家工厂是干什么的，谁也说不太清。

一位上了岁数的人回忆说：从我记事起，他就在这一带收废品，那时他看上去人虽然年轻，穿的却永远没见干净过。他虽然不会说话，但脾气并不好。有一次，他在工厂门口为收一堆废旧资料，差一点和另一个收破烂儿的打起来。那个收废品的人又高又壮，气势汹汹的样子，但他一点也不害怕，一边呀呀地叫着，一边使劲地用手比划，众人见他是个残疾人，把那个大个子劝走了。人家走后，他还不依不饶地呀呀着。他十多年没换过地方。听说他从没成过家，更没有后代。人们更不知道他的家在哪儿。

有一天，一个戴着帽子的人在工厂附近走来走去，哑巴躲在一个角落里紧张地看着他。过了一段时间，见那人没有离开的意思，他突然呀呀地大叫着走了出来，他用自己那双几乎辨不清什么颜色的手去拉对方，那人气急败坏地把他甩开，他的鼻子被摔破了，他不管不顾，依然呀呀地大叫着。那人一边躲着他，一边有些心虚地骂道：你神经病啊，拉我干什么，我又不认识你。这时附近的一个人跑上来说：亚东哥，我们这儿不好找吧，让你久等了，他是我们这儿的一个哑巴，收破烂儿的。那人指了指自己的脑袋说：他这儿有问题。转脸又对哑巴说：哑巴，快回去洗洗吧，对不起啊！放心吧，他不是来抢你地盘的，他是我姑家表哥，来我家串门的。

哑巴特敏感，好像身后也长着眼睛，这一带一有陌生人出现，他就会警觉起来。

每天，哑巴都早早地起床，在厂子外不远处的垃圾堆里仔细地寻找着什么。有起早的人路过垃圾堆，看到哑巴跪在那儿，细心又着急地翻找东西的样子，好奇地问：哑巴，丢失什么值钱的宝贝了，是不是你的金戒指丢了，急成这样？哑巴要么不理不睬，要么抬起花瓜似的脸，向来人龇牙笑笑，继续干活。

终于有一天，哑巴在没人的时候给厂里的保卫处送去了一样东西，脸上像捡了个金元宝似的高兴了一回。

有几个人晚饭后闲得没事，就跟着哑巴到他的小屋去转转，看到那间别人放柴草的废弃的小屋，里里外外放满了他捡回的各种破烂儿。他一边给垃圾分类，一边警惕地看着来人。有人说：放心吧哑巴，你不用这样防着我们，我们不会抢你这些宝贝的。他向来人龇牙笑笑，继续自己手里的活计。他对废品的分类特别细致，废铁、塑料、纸箱、纸张、木块、电线、废旧模具、各种各样的小零件等等都放得井井有条，特别是对纸片和旧纸张，翻来覆去看得更是仔细。有人开玩笑说：哑巴，看你这么认真的样子，你是真识字还是假识字，不是装什么斯文吧。听了这人的调侃，同去的几个人都大笑起来，哑巴也跟着笑了。

人们已习惯了他的存在，有废品几乎都给他留着，钱多点少点无所谓。

有好心的人去他的小屋里找过，东西什么也没少，人却不见了，他去了哪儿呢？

失踪了？走迷路了？被人害了？

有人报了案，公安局来人查了半天，也没查出什么有价值的线索来。

人们经常这样教训自己的孩子，你再不好好学习，长大了只能和哑巴一样去收废品，捡破烂儿。但自从他不见后，再没有人说出这样的话。

五年后的一天，小城突然热闹起来。

听说有一位有身份的人的葬礼要在小城举行。人们传来传去，议论这个人物到底是谁。人们的记忆中，这个小城好像没有出过名声显赫的人物。

哑巴实际上是有家室的，他有媳妇和儿子。

全国解放前后，敌情还很复杂，国民党的很多特务还潜伏在国内的很多角落。他被组织安排到了一个特殊的岗位，以收废品的名义，防止这个军工厂的一切有价值的东西泄露出去。

为不暴露自己的身份，他十年多没有和家里联系过，家乡的政府也不知道有他这样一个人。

家人都以为他死在外面了。

他唯一的儿子得重病死了，接着他媳妇疯了，走失了再也没有回来。

听到乡亲们的讲述，他心里难受极了。

他在儿子的坟前语重心长地说：儿子，爸爸对不起你，对不起你妈。当时部队了解情况，问谁家里无牵无挂，我想肯定是有重要任务要安排，就撒谎说：我家里没一个人了。最后部队安排我去了那个小城。爸爸是部队上的人，执行命令是军人的天职，舍小家是为了国家这个大家啊。你不知道爸爸这些年是怎么过来的，爸爸也是人，也有七情六欲，爸爸天天盼着夜夜想着回来和你们团聚。实际上，小城和咱家只有两座山的距离啊……

他在儿子的坟前整整坐了一天，把和儿子这一辈子没说上的话都补上了。

那天的小城，真的可以称得上是万人空巷，机关、工厂、学校都组织全体人员上了街，连同普通老百姓，街上是人山人海。

要在小城举行葬礼的人物，就是在城西收废品的那个哑巴。当大家差不多要把他忘记时，他又以这样的方式回来了。

他是有名字的，他叫回大喜，他也不是哑巴，他会说话。死前他在部队的军衔为大校，行政十二级。他咽气前，对组织上的人说：我的所有工资都替我交党费吧。他还试探着问身边部队上的人，能让我穿着军装照张相吗？

部队上的人含着泪说：当然可以，因为您自始至终都是一名出色的军人，您最有资格穿这身军装。

部队首长当场吩咐部下拿来了一身军装，亲手给他换上。

当年轻的上级首长握着他的手，问他还有什么要求时，他想了想说：真想再回那个小城看……话没说完，人就走了。脸上留下一丝不舍的笑容。

还记得多少年前，他着急地从垃圾堆里寻找东西的样子吗，原来当时工厂里一块新款的造枪模具丢了。

省里的领导来了，部队上的首长来了，在小城人的心中，那天的仪式无比隆重。

载着他的车，在小城里的大街小巷中缓缓走过。

人们簇拥着他的灵车向前走着，视线一刻也不想离开。

每个人的脸上，都无声地流着热泪。

那一天，是他的葬礼，又像是小城的节日。

# 女兵　女兵

在军机关，通讯连一直是一道亮丽的风景。

她们早操、平常训练、就连列队去食堂吃饭，回头率绝对是110%。

正是夏季，这天下午两点，连队集合后，吕指导员宣布：这位是我们连新来的连长耿直同志，大家对耿连长的到来表示欢迎。大家一起鼓掌后，吕指导员接着说：下面请耿连长讲话。

耿连长个子不高，瘦削的脸上写满了严肃。她军容整齐，向前走了两步，立正后，向大家敬了个军礼，然后声音洪亮地喊道：立正。稍息。战友们，今后我们就在一起工作、生活了，我向大家自我介绍一下，我叫耿直，老家山东，毕业于武警指挥学院，今年二十八岁，至今未婚，人送外号——假小子。战士们听后都会心地笑了。耿连长接着说：希望大家今后支持我的工作，有想法说在当面，我不喜欢转弯抹角。下面除每班值班人员外，全体都有了：立正，向左转，跑步走。

到了操场，耿连长站在前面，一招一式地教大家打军体拳，一个小时下来，大家都是汗流浃背了。有好几个女战士脸上的表情很痛苦，有的腿打哆嗦，简直要站不住了。当耿连长宣布，休息二十分钟时，瘦小的鲁晓晓一下子坐在了地上。耿连长忙走上去，关切地问：这位战友，你没事吧。

鲁晓晓抹了把脸上的汗，有气无力的说：我，我不行了。

耿连长说：这是平常缺少锻炼的表现，能坚持尽量坚持，真坚持不了，站在旁边看。

一个星期下来，躺下了好几个战士，有的说病了，有的说这几天"倒霉"，身体不舒服。许多战士对耿连长敬而远之。私下里战士们说：这假小子，真够狠的，真是名不虚传。自己还说没对象，这样的人谁敢找。

虽然每天的超强度训练战士们心里都极不情愿，除了背后发发牢骚，泡泡病号，也没有别的办法。

鲁晓晓真的病倒了，打了几天针。耿连长每天来看她，她都带搭不理的，听说她写好了报告，要求年底退伍。

耿连长说：我知道你有情绪，不光你，连里好多战士都有情绪，但作为一个军人，没有好的体质，怎么算是一个合格的兵。

我给你讲个故事吧：在一个比较偏僻的野战部队，有个女兵，刚到部队不久，有一天她跟副连长去附近的镇上买东西，回来的路上，碰上几个不怀好意的小流氓，她吓得不行，副连长说：别害怕，看我的眼色行事。

兵妹妹，陪哥几个一起玩玩。一个胖子说。

副连长说：你们想玩什么？

另一个瘦子说：咱们先去唱歌，然后一起去喝酒……

几个小青年一起哈哈大笑。

那位副连长说：请离我们远点，姑奶奶没那兴趣。

大哥，她骂人。

那个胖子穷凶极恶地说：上，把她先带走。

有两个小流氓上来抓副连长，副连长飞起一脚放倒一个，又一个迅雷不及掩耳的擒拿动作，另一个小流氓也跪在了地上。

看阵势不妙，几个小流氓灰溜溜地跑了。

那一刻，那个女兵简直看傻了，她心里想，副连长的身手太棒了。知道吗，那个女兵就是我。

一个月下来，脸晒黑了，腰练直了。战士们突然感觉，身上有劲了，吃饭变香了，走路带风了。

有一次鲁晓晓穿便衣上街，在公交车上发现了有人在偷一个女同志的钱包，她上去一把抓住了小偷的手脖子，看她那么瘦小，那小偷还想反抗，她一个反扣，利落地把小偷的两只手背到了后面，然后高喊：司机同志，抓到了一个小偷，请把车开到附近的派出所去。大姐，这是你的钱包吧，请一起去派出所作一下证。

女兵们参加训练的热情高涨，训练场上的声音一浪高过一浪。

机关队列比赛，人们议论，这哪是女兵，简直是一帮假小子。通讯连凭着飒爽的英姿，高昂的士气，抢尽了风头，拿走了第一。

女兵们私下里在忙一件大事，利用各种关系，偷偷地在列候选人，要为耿连长挑个男朋友。

# 女兵的心事

大三时，许多同学都在忙着谈恋爱，确定未来的工作方向。当毕研听说部队要招收国防生的消息后，她的心动了，因为她的高中同学鲁一贤就在西藏当兵。再说，她从小就有个女兵梦，考上大学后，原以为这辈子没机会穿那身既漂亮又精神的绿军装了，没想到上天能来给做美。

那几天，晚上她兴奋地翻来覆去地睡不着觉时，同寝室的周东东说：研研，老实交待，最近是不是谈恋爱了。

另几个女同学也说：这两天研研是有点不正常，是不是拿下了个富二代，宝马、别墅都到手了。

研研想了想说：那样的好事，我做梦也不去想，我是想去——当兵。

当兵？东东上来摸了下她的眉头：你没病吧？

另几个女同学也都七嘴八舌地说：都什么时代了，还有这么天真的想法。

你受得了部队上那罪？烈日下要和男兵一样训练，你这光滑可爱的小脸蛋，能承受得了？晚上还要值勤站岗，你不害怕？

听说部队上连内衣都是统一的大背心、大裤衩，不让戴手饰，不让化妆，多没意思。

不论同学们怎么说，当研研参加了学校组织的国防教育动员会后，更坚定了她报名参军的决心。

她心里想的是，她要给鲁一贤一个惊喜。

她想象着：当有一天，她趁休息日赶去看他，一下子出现在他的面前时，他会是一个什么表情？不相信自己的眼睛？又惊又喜？然后两人开心的走向荒无人烟的野外，天是那样的蓝，空气是那样的清新，两人好好说说知心话，叙叙离别之情。

谈话、填表、体检，一切正常地进行着。

可当她知道学校没有去西藏的名额时，心里不免有些许的失望。但又一想，能穿上军装，自己的梦想就实现了一大半。军队要换防什么的，说不定哪一天，自己会被调去西藏，或鲁一贤会调到她所在的军营，那样的见面会更有意思。

结果毕研和十几个女同学被分去了西沙群岛，当她们乘飞机，倒火车，又坐轮船，换快艇到达鸟上时，路上整整用了六天六夜。

刚一上岛，毕研感觉这儿太好了，碧水蓝天，可以天天看到大海，还有那么多海鸟。

第二天，刚上岛的女兵们，就领略到了海岛上太阳的威严，早晨起床后还有些凉意，出操时太阳就开始发威了，几圈跑下来，个个脸上淌汗不说，身上也湿漉漉的难受得不行。没待两天，所有人都后悔来这儿了，毕研也不例外。

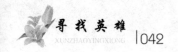
　　上级规定，每个人一天只能用一脸盆水。看着离海这么近，但海水咸度太高，不能洗脸，不能做饭，不能喝，也不能洗澡。

　　听老兵说，正常情况下，半个月才能洗一次澡，要是赶上大风大浪，给养船来不了，一个月洗一次澡的情况也有。男兵们更惨，一个月才能容许洗一次澡。这对爱美的女孩子们来说，绝对太难以接受了。

　　整整三个月的新训结束，毕研身上掉了十斤肉，才开始几天，浑身累得骨头像散了架，饭吃不下，觉睡不着。毕研以为自己会坚持不下来，会打退堂鼓。她不敢照镜子，脸、脖子黑了，几乎掉了一层皮不说，可能由于水土不服，脸上长满了小痘痘，还被紫外线涂上了重重的油彩。但全身现在倒感觉有劲了许多。

　　这天是休息日，她穿上军装，破例偷偷打扮了下自己，跑到海边，用手机给自己拍了许多照片。她坐下来，从拍的照片中挑了张自己最满意的，写了两句话：一贤战友，看看我是谁？能认出我这个丑女孩吗？发了出去。

　　等待的时间显得特别慢长。她以为鲁一贤收到她的照片认不出她来了，所以没有回话。又一想，也不对呀，她知道自己的手机号码呀。是离得太远，信号传不过去也有可能。当她默默不乐，对此事不抱任何希望了时，三天后下午训练回来，打开手机，突然看到有一条未读短信。

　　她感觉脸上一阵发热，幸好脸上的红色掩盖住了她的内在表情。她看了看四周，见没战友注意她，悄悄走了出去。

　　这么长时间，她从没把自己穿上军装的事情告诉过鲁一贤，他肯定还以为自己始终还生活在东瑞的大学校园里。找了个没人的地方，毕研打开了手机：研，这不是你吧，你没有这么瘦呀。要是你，这是穿人家谁的军装照的相？想穿军装照相，等我探亲时回去，让你穿上军装照个够。看完短信，毕研的心跳有些加快，哈哈，他猜出是我来了。毕研想了想，又回了条短信：一贤，我参加国防生应征入伍到部队三个月了，我现在在南海舰队的西沙群岛服役。可经过风吹日晒，我黑了，也变丑了。

　　两天后，鲁一贤回了短信：研，你说的是真的吗，那我们今后就是亲密的战友了。在我心里，你穿这身军装的样子最好看，最美。

　　看完短信，毕研流下了幸福的眼泪。

第四辑
给战士敬礼
XUNZHAOYINGXIONG

# 诡计

抗日战争时期，那时正值一个深秋，在山东的鲁东南洪范山区，有一小股日本鬼子被我八路军围在了山中的南天观一带。

这天，王山头方向的便衣刘二娃赶回连队汇报说：有二十多个头带新毡帽的人，每人用铁锨挑着个篮子，路上还拾一些粪放在篮子里，东张西望地向山外走来。仲连长心想，没听说过有什么拾粪队，是不是日本鬼子的花招。他问刘二娃：二十多个人，都戴着新毡帽？对，都戴着新毡帽。新鲜，没见过摆这样的阵势拾粪的。仲连长说：你回去继续观察，不要惊动他们，有什么新情况马上报告。

仲连长和文书换了便衣，急步向二排坚守的山坡爬去。

见连长来了，二排长吴松树兴奋地说：仲连长，是不是有任务了。

刚才山里的刘二娃回来报告说，有二十多个头带新毡帽的人，每人用铁锨挑着个篮子，很可疑地向山外走来。我怀疑是日本鬼子要搞什么鬼花样。吴排长，你命令，各哨位严密观察山里方向的情况，全排进入战备状态。仲连长说。

是。吴排长转身安排任务去了。

两三个时辰后，刘二娃又赶回来报告：仲连长，那一拨人，真的是日本人。

我装着走路碰上的样子，和他们搭话问：老哥，咱是哪个村的，这是结伙出来拾粪来啦。才开始没有一个人吭声，最后有一个小瘦子走过来，结结

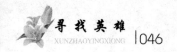

巴巴地说：我们是后边那——那什么李——李村的。老乡，这儿离出山口——还有多远。

我说：远着哪，还得有三十里路。

别人都不言语，那个瘦子对我说：老乡，你能带我们到出山口吗？

我猜他们肯定是鬼子了。万一被他们缠上，没法给你报信了。我说：对不起，我去上庄走亲戚，和你们要去的方向正相反。

说完我就装着向上庄走，回头看不到他们了，我又走小路赶回来的。连长，你赶紧安排怎么办吧。

文书，你去通知二排，准备伏击，通知三排，准备迂回包围小鬼子。

这拨人进入我们的视野后，二排、三排合围，没等他们掏出手枪还击，全歼了敌人。

几天届，刘二娃来报：又有一股陌生人出现了，他们每人头上都戴着一块白毛巾，正向山口方向走来。

仲连长安排照方抓药，像上次一样打了个漂亮仗。

有一个鬼子没被打死，仲连长让卫生员给他包扎了伤口，从营里找了个会简单日本话的人问他：你们为什么要用这种方式逃跑？

那个日本伤兵低着头说：我们一个连的兵力被堵在这一带了，强行突围，肯定会必死无疑。我们就想分批化装出去，见当地人都用锨挑着篮子拾粪，我们头一拨人就化装成了拾粪的。几天后，见没人回来，就以为他们突围出去了。但再用戴毡帽拾粪的方式，怕被你们识破了。在河北那边打仗时，见你们的老百姓，头上爱戴条白毛巾，所以我们就每人带了条白毛巾，没想到全中了你们的埋伏。

仲连长和士兵们听了日本兵的交待，哈哈大笑。

老百姓的日子过得那么苦，有一个人戴顶新毡帽还有可能，一下子出现二十多个人戴着新毡帽，不有鬼才怪。还有这头戴白毛巾，在我们山东的鲁东南，就根本没这习惯。

# 无名小英雄

在鲁西南一个叫王山头的地方，有一座人民英雄纪念碑，上面刻着三百多位烈士的名字。这儿是市里的青少年爱国主义教育基地，每年的清明节，各级学校都要组织学生来给烈士扫墓，缅怀他们的丰功伟绩。

向烈士们三鞠躬后，学生们一个个默念着碑上的名字，特别是看到最后的那三个口时，学生们的眼光总要在那多停留一会。

除了一年级的学生不知道，大家无数次听老师讲过那个小英雄的故事：牺牲前，他是县武装大队的通信员，才十四岁，别看他年龄小，已参加革命工作三年了。十一岁那年，在日本鬼子的一次扫荡中，他的父母都被敌人杀害了。他流浪到县里，被县大队收留了。别人问他叫什么，他不说，由于他跑得快，有人喊他小兔子，见他不反感，大家就都这样叫了起来。

他不但跑得快，弹弓射得好，人也很机灵。由于他长得很瘦小，不易引起敌人的注意。不久后，县大队就开始安排他去给下边的小分队送信。他有时把信放在鞋里，有时放在挎的篮子里的东西中，每次都能顺利送达。

这天，有一封重要的信件需要送到谢庄片区去，走时，政委再三叮咛：小兔子，这次的信很重要，一定不要出什么事，无论如何，千万不要让信落到敌人的手里。

小兔子使劲点了点头，就上路了。他路上想，政委说这次的信这么重要，我放哪儿保险些呢。他思来想去，想出了一个好主意。

他走小路走地堰，不向大路跟前去。才开始他走得比较顺利，心里高兴地想，政委能把这么重要的任务交给自己，一定要想尽一切办法，把信安全地送到目的地去，绝不能辜负了组织上对自己的信任。

正这样想着，前面窜出来了三个二鬼子，他心里一紧，向另一边走去。

那三个二鬼子喊他：小孩，站住，老子有话问你。他装着没听见，自顾向前走。有个二鬼子喊：再不停下，老子开枪了，说着端枪向天打了一枪。小兔子停下了脚步，三个穿黄皮的二鬼子气喘吁吁地跑了上来，一个长得很瘦的伪军瞪着他问：你是个小八路吧。他抬起头，扫了三个二鬼子一眼，摇了摇头。另一个二鬼子说：是个他妈的小哑巴。那个很瘦的二鬼子说：什么他妈小哑巴，他是装的，肯定是个小探子或送信的。把他带回去，交给皇军好好审审。

路上，一个二鬼子突然发现，小兔子嘴在不停地动，他大喊：这臭小子嘴里有东西，他在吃东西。你小东西吃的什么，快，吐出来。

另外两个二鬼子也赶紧凑上来说：快，快吐出来。

坏了，他吞下去了。

他妈的，他消灭了罪证。

三个人开始上来对他拳打脚踢。

打够了，见他躺在地上一动不动，三个人开始商量如何处置他。带回去，皇军肯定骂我们无能，让他把罪证毁灭了。三个人思来想去，最后还是把小兔子扔下走了。

昏迷中的他，回到了自己的家，父亲用手掌摸着他的头说：你小子，这些日子跑哪儿去了，一家人到处找也找不到你。母亲则一把把他搂在怀里，哭着说：我的亲儿，娘想死你了，你终于回来了，自己在外边受了不少罪吧。娘的泪水滴在他的脸上，他感觉凉凉的，很舒服，很受用……

当他被雨水慢慢浇醒。他忍着疼痛，艰难地坐了起来。想了想刚才发生的一切，嘴角上露出了一丝浅浅地笑容。

回到县大队，知道情报没有泄露出去，同志们都夸他是好样的，政委狠狠地表扬了他。赶紧让医生给他治伤，让炊事班给他做好吃的。

但孩子毕竟是孩子，一次他路过周庄东边的碉堡时，躲在一个角落里，掏出自己的弹弓，向一个站岗的日本鬼子瞄准，他射出石子的瞬间，那个日本鬼子也发现了他，枪响的同时，那个日本鬼子的一个眼珠子冒了出来，鲜血四溅，那一刻，小兔子也应声倒下。

解放后，为英雄立碑时，政委交待，一定不要忘了小兔子。但工作人员翻阅档案，关于小兔子的生平，只找到了这样几行字：小兔子，真名不详，十一岁参加革命工作，十五岁牺牲。工作中机智勇敢，胆大心细，上传下达了很多重要情报，为玫瑰之乡的解放事业，做出了自己的贡献。

要是在碑上刻上小兔子三个字，好像对英雄有些不尊重，工作组最后决定，小兔子的名字空着，就用口口口代替。

人们的心里都记得很清楚，那三个口口口就是小英雄的名字。

# 给战士敬礼

每年的十月份，是边防连退伍的日子。因为时间再晚了，大雪一封路，退役的老兵就走不出去了。

这天中午，连队会餐为老兵们送行。

顺义连长和指导员讲完了话，许多战士的眼圈都红了。二排长华东突然站起来说：连长，指导员，让我说两句话行吗？大家的目光都转向了华排长。连长、指导员对视了一下，示意让他说。

华排长红着脸说：当着全连战友的面，我向我们排六班的李晓光和向迅说声，对不起你们了，请你们原谅。说着抬起右手，向坐在一个桌上的两位战士敬了个标准的军礼。

事情是这样，在不久前举行的野外徒步比赛中，本来军事素质一流的李晓光跑在了最后，拉了我们排成绩的后腿。我当时以为，他还为没入上党的事情闹情绪，接着他又说有病，压床板，泡病号。我骂他说：就你这熊样，这思想境界，好好想想吧，继续努力吧，你离入党的条件还差一大截子哪。还有向迅，有一段时间情绪低落，没事时就跑到没人的山上大喊大叫。我以为他失恋了，训他，没出息，哪像个军人，感情生活中遇到一点挫折就受了

不了啦，要是让你上战场冲锋打仗呢？

前天晚上，在营房外听到了他们俩在私下交流，我本想走出来向他们道歉的，但又感觉不好意思。这两天，我思想斗争得很厉害，向他们当面道歉吧，面子上不好意思。今天我再不说，也许我们一生一世再没有见面的机会了。晓光，你当时的实际情况是拉伤了大腿，对不起，是我误会你了。向迅，你那段时间情绪低沉，是疼爱你的奶奶去世了，你去喊山，是发泄自己心中的郁闷。向迅，对不起了。

由于我刚从学校出来不久，没有带兵经验，对战士们的所思所想了解不够，工作和生活中，肯定还有对不起别的战友们的事情，我们在一起摸打滚爬、同吃同住几年的弟兄们，在这儿，我给所有的战友们敬个礼。

华排长眼含泪光敬完礼，李晓光和向迅主动走上来，三个男子汉，不，全排男子汉，紧紧拥抱在了一起。

指导员站了起来：华排长的这些话对我们很有启示，我建议，在场的所有干部们一起给战士们敬个礼，请求你们谅解和原谅我们工作中的过失和不足。敬礼。

全场响起了热烈的掌声。

# 名额

边关的十月，已经下过两场大雪。秋天的风刮在脸上，已有小刀割般的感觉。

平谷营长在办公室里踱步。他心里明白，这一天，早晚得来。这不，顺义连长刚走，他把矛盾上交了。

侦察连有两个好兵，一个是南天观，一个是鲁一贤。南天观代表营里参加过师里、军里的五项全能比赛，在军里拿过第三，在师里拿过第一，他是营里军事训练的一个标杆；而鲁一贤虽然只有初中文化，通过自学和勤奋的努力，写的文章上过《解放军报》《中国武警》杂志，营里准备年底给他报三等功的。两人都是营里的宝贝，谁走了也舍不得，但三级士官的名额只有一个。

平营长咬咬牙，对教导员说：走，咱俩去趟团部。他和教导员一起上了吉普车，在车上，教导员说：营长，你说石主任会是个什么态度？

平营长面无表情地说：管他什么态度，能多给个名额最好，真不给，我们就赖在那儿不回来。

好，我们一起努力。

一路上两人再也无话，表情严肃得有些吓人。

来到团部，在政治处石主任的办公室门口，两人整理了军装，抖了抖精神，洪亮地喊道：报告！

石主任笑着说：没听说团里要开会呀，这么远的路，一个营两个主管都跑团部来了，是有什么重要的事吧？

平营长有些心情沉重地说：石主任，您说句实在话，我和洪教导员平常工作上掉过链子没有？生活各方面给组织上找过麻烦没有？

石主任说：都没有。你们就不用给我铺垫了，有什么事，你俩就直接讲吧。

洪教导员接过话茬说：石主任，我们给您汇报件事，这事只有您能帮我们了。他们讲述了自己侦察连南天观和鲁一贤两个老兵的实际情况。

石主任听完，长长地叹了口气说：这两个兵的情况，我怎么会不知道，都是个顶个的好兵。可铁打的营盘流水的兵，士官名额就那么几个，每个单位都有这样的困难，再说，名额是团里开党委会决定的，我一个人也做不了主，我这个主任真的也没办法。名额只有一个，谁走谁留，你们回去做工作吧。

俩个人又软磨硬泡了半天，一点效果也没有。

悻悻地回到营部，文书打回来的饭，俩个人都没有动。

晚上，洪教导员敲响了平营长的门。洪教导员沉沉地说：营长，思虑再

三，我想还是让鲁一贤走吧，我已经找他谈过话了。

平营长关切地问，这样合适吗，他的情绪如何?

洪教导员叹了口长气说：我也想了，在你心里的天平上，肯定想留南天观，所以，我替你做主了。

可鲁一贤走，你就能舍得? 要知道这样，去年的三等功，就不应该给南天观。现在又不是评功评奖的时候，这样做，太亏鲁一贤了。

我向他表示我们的歉意了。开始他比较沉默，后来就有些想开了。他说：教导员，有你和营长的认可，比立什么功得什么奖都强，我在你们手下当这五年兵，感觉值了。

这兔子都不光顾的地方，有什么可留恋的，回去赶紧成个家，好好过自己的小日子多好。营长望着房顶说。

我也这样劝他了：回去好好养养，你这秃顶上的头发或许还能长出来，好好努力，将来在地方当上个宣传部长什么的。他流着泪说：别的都无所谓，我是舍不得在这里一起朝夕相处了整整五年的战友们。大哭了一鼻子后，情绪好多了。

俩人沉默了好大一阵子，谁也没有再说话。

俩人都感觉鼻子有些酸酸的。

还是平营长先开了口：教导员，我们一起出去走走吧。

夜晚的营房外，格外宁静。月光下，俩个身影并肩走着。

洪教导员心里想，对不起了，九泉之下的表哥表嫂，我没有照顾好侄儿，但一贤是好样的，是个响当当的好兵，没有给你们丢脸。

# 军魂

边防三连的谢连长强烈要求转业，听说上级批下来的转业名单里没他，先是休假不归，回来后也一直穿着便装，撂挑子不干了。

这天，团政治处石主任带着一个干事来到了边防三连。

谢连长没在连队。石主任让副连长派人把他找回来，几个人分头出动，好不容易在荒野里把他叫了回来。

见了石主任，他始终低着个头。

石主任生气地说：把头抬起来。你看看你，现在别说别的，你自己觉得，自己还有个兵样没有？石主任走上去，指着谢连长的鼻子，接着说：你今后走哪儿，千万别说是我带出来的兵，我都为你感到丢脸，我跟你丢不起这人。

我要求转业，别人都批了，为什么不批我，就因为我是你带过的兵？石主任，您说句良心话，过去我给您丢过脸吗？谢连长瓮声瓮气地说。

大家都转业回内地，谁来守卫我们的边疆，总得有人做出牺牲吧。石主任沉着气说。

我做出的牺牲还少吗，这些年，我给营里、团里、师里争来了多少荣誉？我原先的爱人出国不回来了，现在的女朋友要求我转业回内地，不回去就要和我吹灯，我该怎么办？谢连长双手扭着自己的头发说。

石主任叹了口气：谢大强同志，请原谅我刚才的态度不好，这样的恶劣环境，谁也不想在这儿多待一天，谁都有自己的实际困难，你的困难我更是心知肚明，这样吧，现在我答应你，你好好工作，明年我打包票让你走行不行？

谢连长盯着石主任的眼睛：你说话可得算数。

石主任说：你见我什么时候给人开过空头支票。

行，石主任，我听你的。再坚持一年，一定和从前一样，好好工作。

谢连长说到做到，从那时重拾精神，官兵们感觉到，往日里那个争胜好强的连长又回来了。

后来，谢连长没走，石主任却走了。

在那次夜间军事行动中，一个新兵由于没有经验，陷进了雪山边沿的雪坑中，稍有不慎，这个新战友就可能随着雪崩滚下山去，石主任对身边的战友说：都离远点，我过去救他。没有我的命令，谁也不能向前多走一步。官兵们纷纷抢着向前，石主任说：我再重复一遍，没有我的命令，谁也不能再向前多走一步。石主任奋勇去救这个战士，雪山边开始有雪向下滑落，眼看有雪崩的迹象，战友们大喊：危险，石主任，快回来吧。石主任大喊：大家都再向后撤几步。他用力拉住了那个战友，顺势向上一推，那个战士顺势趴在了地上。那个新兵得救了，石主任却随着雪崩摔下了雪山，战友们撕心裂肺地哭喊道：石主任，石主任……

后来大家才知道，由于石主任长期在高原生活的原因，他爱人一直不能生育，在世界上没有留下一儿半女。年轻的战友们去看望石主任的爱人，他们说：妈妈，我们都是您的儿子。

谢连长一直当到了军长，都没有离开高原。

他到内地开会什么的，从不敢多待，时间一长，就感觉水土不服，醉氧的滋味太难受了，浑身都不舒服，一回到高原，什么反映都没有了，人也一下子就有了精神。

苦恼了，有心事了，过年过节，谢军长都会去烈士陵园看看石主任，他谁都不带，喜欢静静地和老领导说说话，聊聊家常。每次去，他总忘不了念叨：老领导，我没给您丢脸吧，我做您的兵够格吧。您放心，假若要有来生，我还会到您的手下来当兵。

**第五辑**
## 幸福的感觉
XUNZHAOYINGXIONG

# 运气

正是夏季，小高原每天下午放学后，跑回家放下书包，就搬着自己的宝贝泡沫箱子，蹦蹦跳跳出了门。他抬头看了下耀眼的日头，心想今天又是个好日子。他走了好几站地，来到了藏在一个胡同里的冷饮批发点，他用小手抹了把额头上的汗珠，小大人似的说：老板，批点货。

小高原，昨天我给你推荐的新品种卖得怎么样？老板笑着问。

还行吧。今天再来十根吧。来二十块冰砖，二十根红果，十五根豆沙……你给算算多少钱，可别多收我的钱呀。

放心吧，老客户了，哪能呢。

结了账，小高原抱着沉了许多的箱子出了门。

街上卖冰棍的人不少。小高原脸上轻微笑了下，一直向前走。穿过了好几条胡同，他来到了自己的根据地——一所施工部队的军营门口。

他打开箱子看了看，天气温度太高，有的冰棍开始化了，他心里有些着急。他大声喊着：冰棍，冰棍，天多热，大家吃个冰棍降降温吧。

卖了一些出去，待了一会，他拿冰棍时，看到剩下的冰棍化得更厉害了。他的叫卖声调不免高了起来。

这时，天上突然布满了乌云，一阵雷声后，雨越下越大。小高原见街上没有了人影，很无助地躲在一个角落里。他不时地抬头望望天，雨一点也没有停下来的意思，天却慢慢暗了下来。今天的货还有一大半没有出手，这可怎么办？想着想着，他的眼泪刷刷掉了下来。他在心里抱怨自己，你今天就

不应该上这么多货，这下砸自己手里了吧。他越想越恨自己，竟哭出了声。

小高原，你怎么了？

小高原，我们要买冰棍，还有没有？

小高原睁眼一看，身边围满了收工回来的解放军叔叔。

我今天批的冰棍多，没想到今天才开始天气热，冰棍都有些化了。后又下大雨，我担心今天冰棍卖不完了。这样吧，叔叔们，今天的冰棍我八折卖给你们行不行？

不行。

不行。

一个带头的叔叔说：这样吧，今天我高兴，你今天剩下的冰棍我全包了，全价付款。我请客是有理由的，昨天我老婆来信了，我当爹了。

叔叔们一阵欢呼。

叔叔们心里都知道，小高原是他们病故战友的儿子，他们有义务帮助他。

回家的路上，小高原心里想，我今天的运气——真好。

# 承诺

这天，是村西周老爷子出殡的日子，在送行的队伍里，一位穿着绿色军装的人格外引人注目。

有个年轻人说：他家老大不是死在南方前线了，难道当年没死，又回来了？

胡说八道什么？那是他家老大的战友，听说是县城城关的，在县里工作，是什么院的院长，这些年不但过年过节来，平常也来，老爷子老太太有个病有个灾，比谁跑得都勤，真是个好人啊！一个老人感叹到。

说话的这位老人，回忆起周家这些年的事，脑子里过起了电影：

那年南方战事正紧，突然有风言风语传言说，咱南乡里在战场上死了一个人。

每个有人在部队上的家庭都紧张起来。

这天王山头村来了两辆小汽车，一辆上挂的还是部队的牌子。小车先是去了村委会，一行人表情严肃地跟着村主任走向了村西的周家。他们给周家送来了烈士证书。

武装部的丛部长声音低沉地说：两位老人家，你们为国家、为部队培养了一个出色的好兵，周正宝同志是我们全县人民的骄傲，他在前线牺牲了。你们放心，政府和组织上不会忘记你们的，今后生活上有什么困难，政府一切都会管的。

听到儿子牺牲了的消息，当娘的想哭哭不出来，一下子痛昏了过去。人们又是掐人中，又是按胸口的，正宝娘才缓上来了这口气。

正宝娘天天哭天天哭，几乎哭瞎了眼睛。

半年后，周家来了个当兵的，手里提着两大包东西，但没戴领章帽徽。他进门就跪了下来，拉着正宝爹娘的手说：爹，娘，我是正宝的战友，叫丛会江，是咱们县城城关的。正宝走了，我就是你们的新生儿子。我会替正宝照顾你们一辈子，为你们养老送终。爹，娘，收下我这个儿子吧。

正宝爹说：孩子，快起来。

正宝娘哭的上不来气。

正宝爹问：孩子，你这是探家，还回部队吧？

爹，娘，我退伍了，有时间我会经常来看你们的。

作为战友，人家能来安慰安慰就不错了！谁也没有当真。

春天耕地时，村里一下子来了两台拖拉机，大家都有些吃惊，原来是给周家干活的，带头的就是正宝的那个战友。他们干了一天，活没干完，就住在了正宝家。

村里的人都以为是组织上安排的，实际上是丛会江自己花钱雇来的。

丛会江不但过年过节买东西来，平常隔三差五地也向这儿跑。

有一次，听说正宝爹摔伤了腰，他连夜赶来，把老人送到了县里的医院，出钱不说，跑前跑后，黑天白夜的侍候。不但自己跑，媳妇、女儿也经常去医院陪床。医生护士和一起住院的都说：你这儿子儿媳真孝顺，现在对老人这么好的儿女不多了。

正宝爹说：我这儿子懂事，谢谢你们夸他。

晚上，正宝爹睡不着，他想，就是正宝活着，也不一定能做到这些。他想着想着，两行老泪从眼角淌了下来。

这天，一进病房，从会江关切地说：爹，你今天感觉怎么样？

我没事了，回家养几天就能下地干活了。

爹，你就放心多在医院住几天吧，我昨天晚上回家看娘了，家里一切都好，不用你挂念。爹，还有一个好事要告诉你，我弟弟正红在部队上提副营了，我给娘说了，娘高兴得没办法，爹，你高兴不？

正宝爹抹起了眼泪。

爹，你这是咋了？说着会江上来给老人擦眼泪。

会江，这些年你为这个家付出这么多，正红也出息了，读书、参军全是你的功劳。我和你娘两个身体还硬朗，你工作忙，还有自己的小家庭，今后就不要向王山头跑了。爹说。

爹，这都是我应该做的。做儿子的孝敬父母，都是天经地义的事。是不是我哪方面做的不好，惹您老人家生气了？

会江，你是我们家的大恩人哪！

爹，咱一家人可不说两家话啊。

会江，我还问你，人家说，当时部队上是保送你上军校的，你为什么要戈退伍回来？

会江想了想，笑着对爹说，那是别人瞎说的，我不是学习的那块料。

…………

走在送葬队伍里的会江心里想到了前线的那一幕：耳边有零星地枪炮声响起，大家都在忙着构筑阵地，突然身边的正宝倒下了。自己走上去抱起他，急切地喊着他的名字：周正宝，周正宝，你醒醒，你醒醒。见他没有一点反应，自己背起他就向后方的卫生所跑。

半路上，有战友说：我来背一会吧。

不用，我不累。他机械地迈着步子，深一脚浅一脚的向前跑，好几次摔倒了，咬牙爬起来再跑。

到了卫生所，他一下子瘫在了地上。嘴里喊着：快叫医生，救——救他。

当他从昏迷中醒来，身边的战友哭着说：正宝，他走了。

我们谁也合不上他的眼，你去看看吧。

他努力挣扎着站了起来，随着战友来到正宝的身边，哆嗦着双手去合他的眼睛，可怎么也合不上。

他想起来了，活着时正宝跟他说过家里的情况，他弟弟还在上学，家里的经济条件很差。

他跪在正宝身边说：正宝兄弟，我知道你放心不下家里的爹娘，还有上学的弟弟。你放心上路吧，你走了，家里的一切都交给我了。我供弟弟上学长大成人，我给咱爹咱娘养老送终。

说完这些，他已经哭得泪流满面，他又试着慢慢用手去合他的眼睛，奇迹出现了，他的眼睛竟然合上了。

那一刻，老天也被感动了，下起了瓢泼大雨。

想到这里，他心里对正宝说：正宝兄弟，答应你的，我都做到了，我没有食言。

有时间我会去南方看你的。

# 留言条

吴教授是个知识分子，是研究心理学的。丈夫前年得肝病死了。她和刚大学毕业的女儿各住一室，丈夫死后再无任何一个男人走进过她的卧室，

她觉得卧室里弥漫着丈夫的气息，走进卧室就能和丈夫对话。所以当看到晚报上登的近日我市有小偷疯狂盗窃，敬请市民加强防范的文章后，她思谋良久，每天上班前，在门口内的桌子上压上一张写好的纸条，上面写道：

尊敬的光顾者：

我是个教书的，家里没有值钱的东西，除了书还是书。光顾一回，使您失望，实在不好意思。丈夫在卧室休息，就别打扰他了。拜托了，这儿有一百元钱，您出去吃顿便饭吧。

吴淑芹即日

数日过去，没有小偷上门，吴教授照常这样做。女儿小敏笑妈妈：这么好心眼，也救济我点钱。

又过了一段时间，吴教授下班回来，发现房门锁坏了，一看真的被撬了。她进屋一看，卧室里一点没动，连女儿的卧室也没翻动。她忙去看桌上的留言条。一百元钱没有了，留言条换了一张。吴教授忙拿起看。

可爱的吴女士：

我看到了您丈夫的遗像，知道您留言条的用意了。遵照您指示，我就哪儿都不找了。我是个孝子，母亲病重住院。请您发发善心，"借"五百元钱，我下星期二晚上六点三十分来取。您可不关门，省得还得换锁。

梁上君子：小乐

星期二这天，吴教授正好下班早，经过几天的思想斗争，她终于还是把五百元钱和一张纸条放在了门内的桌子上。按照小偷讲的，她只虚掩了门。早早做完了这一切，她心里惴惴不安地躲进了卧室。

时间到了，她听到门很轻地响了一声。过了一会儿，见没动静，她悄悄推开卧室门，外边没人。她忙走到门口去。钱没有了，桌上的留言条又换了一张。上面是这样写的：

吴阿姨：

我是个女孩，今年只有二十岁，是被人从云南骗来的，那男人把我送到歌厅当三陪小姐。每天要交他五十元钱。吴阿姨，您好事做到底，每月一号和十五号这个时间我来取五百元钱。算您行善，必有好报。

苦女

吴教授皱皱眉，继而摇了摇头，忙把纸条收起装进兜内。原先她还想，这小偷会不会来？那留言条只不过是个玩笑。没想到她真来了。而且……吴教授不敢再向下想。

熬过了半个多月，离月初的日子越来越近。吴教授心神不定。一号到了，她在门口贴出了留言条：

主人得绝症住院了，亲朋好友请伸出援助之手，来人请到医院楼五病区五床来找。

吴淑芹

女儿下班回来，看到门口的留言条，心中不禁一颤。她想母亲这段情绪不好，肯定是被那小偷闹腾的，她忙下楼去了派出所。

经过蹲守，派出所在吴教授家门口抓到一位三十多岁的中年男人，那人竟是吴教授乡下的亲侄儿。只是模样比前两年来参加姑父的葬礼时更瘦了。他一直在吸毒。警察从他兜里搜出一张纸条，纸条上是这样写的：

吴大姐：

我前两次都是骗你的，我是个中年人，上有老，下有小。我在本市打工，媳妇和儿子昨天进城来找我，出了车祸。媳妇死了，儿子做手术需要两万块钱。我知道您是天下最好最好的大好人。我后天晚上六点来拿钱，如拿不到钱，我什么事都做得出来。

骗过您的人

# 幸福的感觉

这天，狂风大作，旅行家陆川背着行囊走近了藏北的一片无人区。他喜欢冒险，喜欢刺激，喜欢征服大自然后的那种感觉。十几年来，他走遍了大半个中国，他到过中国最北端的黑龙江漠河，到过山东的天尽头，到过福建的鼓浪屿，到过被称为天之涯的海南岛……这次，他除做好了物质上的准备外，还做好了思想上的准备，他写下了遗书，委托连载他游记的某报社，如果他这次回不来了，请把这本游记的出版稿酬转交他的老父老母。对女儿说，爸爸对不起你，把你带到这个世界上来后，却没有好好待你。让你过早失去了母爱（由于他在家待的时间太少，爱人跟一个台湾商人跑了），现在又失去了父爱。在父亲心里，你是我永远的牵挂，假若真去了"那边"，我也会为你的幸福祈祷的……

听当地的藏北老乡讲和史料证实，这片近一百平方公里的无人区，地势险要，地貌复杂，历史上记载，只有三十年代一对英国的探险家琼·比特兄弟穿越这片无人区时，弟弟一个人活着走出来了。上个世纪80年代他出版的自传中，对那次穿越有详细描述。后来又有好几拨人尝试穿越这片无人区，有的从南边进去东边逃出来了，有的进去就永远没有再出来。

由于长期风里雨里的在野外跑，他的头发很长，皮肤很黑，胡子也留了下来。这天他来到无人区附近的一座小毡房前，一位脸被紫外线晒得露出一条条红线的藏族老妈妈迎了出来。陆川用学了不久的半生不熟的藏语向藏族老妈妈问好，老妈妈热情地把他让进了毡房内。

走进毡房时的那一刻，望着房内简单的接近寒酸的摆设，又仔细望了一眼藏族老妈妈身上的辨不清是什么颜色的藏袍，他心里想，要是在这几乎荒无人烟的地方这样艰难地活一辈子，该是多么地寂寞和不幸啊。

他一边喝着老妈妈敬上的奶茶一边向她讲述自己的人生。

他说，我一生几乎都在行走，阅尽了名山大川，尝遍了人间美味，更是经历了艰险……在广州，一个城市里长大的漂亮女大学生听了我的一堂课后，死活要跟我一起走……在云南的丛林里，我被毒蛇咬后，差一点死了……他讲得口若悬河声情并茂句句真诚，藏族老妈妈听得云里雾里一知半解心被感动。

望着眼里涌满泪水的藏族老妈妈，陆川心怀不安，他说：这次穿越这片无人区假若我能活着出来，我答应带您去逛逛北京……

没等他说完，藏族老妈妈走上来，把他拥在怀里，哆嗦着身子，拍着他的肩头用藏语说：可怜的孩子，一辈子在外漂泊，没有个自己的家。如果你愿意，就把这里当家吧……

# 救人

　　这是春天的一个普通下午，六点多，正是下班的高峰。交警勇骑着摩托车像往常一样来到正义路十字路口。现在城市发展得真快，年年修路，但路上的车却更是越来越多。这个路口还没有设交通岗亭，所以上下班高峰时经常堵车。交通大队针对这一实际情况，每天上下班高峰时在此上一个流动岗。这时，勇正在全神贯注地指挥交通，突然大脑皮层传回大脑一个信息，他的大盖帽上落上了东西，同一时刻，眼睛的余光告诉他，落在帽子上的东西呈喷射状散开。他心里想，这可能是一只鸟有意无意地给他开了一个玩笑。这一切只是在他的脑子里一闪，他甚至连下意识地抬头看一眼都没有来得及，就把心思收了回来，身边的路况容不得他走一点神。

　　路边有一棵大杨树，树梢像一把巨伞罩住了一大片天空。要是夏天，从早到晚，树上总是有很大的一片荫凉在慢慢移动，直到太阳在西边落下。

　　勇的判断没错，刚才是一只红嘴鸟从树梢上飞下来，在离他的头顶七八米高的地方盘旋了几圈后，定了下位，在他的头顶上停顿了几秒钟，拉了那泡屎后，又飞回了树上。在飞回到树上的过程中，那只红嘴鸟眼睛还一直盯着地面上警察勇的反应。地上的人们都在忙着赶路，没人无故抬头看天，所以也就没有人看到刚才的那一幕。

　　红嘴鸟从树梢上平行着飞到离树不远的那栋楼顶上，转了一会，飞回了树梢。待了一会儿，又待了一会儿，突然嘶鸣着箭一样向着地面冲了下来。许多开车人和骑车人看到了那一幕，那鸟没有袭击别人，他好像就认定了站在路中的这个警察似的。那一刻，警察勇真的毫无准备，那红嘴鸟的冲力很大，他头上的帽子差一点被掀掉，红嘴鸟在他肩头翻了两个个儿向地上落去，这一瞬间，他实实在在感觉到，背上好像被人重重地拍了一掌。红嘴鸟在身体马上接近地面的时候，调整好了姿势，飞回了天空。人们的目光一起跟着红嘴鸟的身影望向了天空，经过片刻的尴尬后，勇也随着众人的目光向树梢上望去。

红嘴鸟从树梢飞到楼顶，又从楼顶飞回树梢。它的叫声有些嘶哑、有些绝望。许多人驻足抬头观看一会，见没有什么新鲜，都慢慢散去了。

正当警察勇准备跨上摩托车离开时，这一次他下意识地抬头看了一眼，他发现那只红嘴鸟又一次向着自己俯冲了下来。它嘴里好像叼着什么东西，见警察勇抬头看着它，他把嘴里叼着的东西在离勇头顶四五米高的地方扔下后，又飞回了树梢。

这是一只带着新鲜血迹的枪套。

据说后来，警察勇在和那棵大树几乎一般高的一栋十层楼顶上，发现了一个受了伤的人质，送到医院时医生说，再晚来几分钟，这个人的命就完了。

从那天起，每次去那个路口上岗，勇总爱抬头向树梢上望上一会。

**第六辑**
**谁不愿做只飞翔的鸟**
XUNZHAOYINGXIONG

# 羊与狼的故事

近日，《虎城晚报》登出如下一条消息：我市动物园又添一景，野山羊和狼同处一笼。

当下正赶上十一长假，除了有出外旅游计划的，一家人出来逛逛动物园成了许多家庭的首选，特别是对有孩子的家庭来说。晚报的那条消息更是起了推波助澜的作用，这几天动物园里人流如潮，野山羊和狼的笼子前更是天天挤得水泄不通。野山羊在笼子里走来走去，很兴奋的样子。它是刚从大秦岭逮住运进城来的，浑身充满了野性。黑色，毛很长，特别是头上的那一对羊角又粗又壮，很是威风。它心里想，这是什么地方，怎么这么多直立着走路的动物。

而那只像披着黄缎似的狼却躲在角落里，很害怕地缩成一团。它心里想，我像上一辈子一样规规矩矩待在笼子里，供直立着走路的动物们开心。有时他们用小棍捅我，我都忍了，真把我惹急了，我最多也只是露着牙小声嚎叫一下吓唬吓唬他们。有时他们拿石块砸我，有时给我带塑料包装的食品吃。到我这里，我们已经在这里生活了三代。不知什么原因，头天晚上突然关进这么一个怪物来，它总是追着我跑，有时用凶狠的目光盯着我看好久，好像有心要吃了我。这两天晚上我没敢睡踏实，都是等它在我往常睡觉的地方睡着了，我才在离它很远的地方迷糊上一会。自从它来后，吃饭时我总是离它远远的，等它吃饱喝足了我才敢过去吃点喝点它剩的。

这天晚上，野山羊和狼进行了它们相见后的第一次对话："你叫什么名字？"野山羊大咧咧地问。

狼颤声答道："我叫狼。"

"这里是你的家？"

"我们家在这里住了三代了。

野山羊盯着狼的眼睛问："你害怕我？"

"大侠，您来这里，我热烈欢迎。今后吃住等等一切都是你说了算，只要您不吃我就行。"望着野山羊捉磨不透的目光，狼低下头怯怯地说。

野山羊笑了笑说："只要你看我的眼色行事，我暂时不会伤害你的。"

"大侠你放心，我决不敢拿自己的生命开玩笑，对您我绝对会言听计从。"狼赔着笑脸表态说。

一段时间里，野山羊和狼处得相当不错。野山羊的目光里少了些敌意，狼像个随从跟在野山羊的屁股后边团团转。

后来虎城新调来的某位领导作出指示：羊狼一起圈养有违动物的生存规律，叫别的地方的人听了去，会拿这事当笑话讲。这事有损我们市的声誉，应尽快拿出解决的方案。

后来野山羊被放归了森林。

有一天，野山羊遇到一只狼，他见这只狼恶狠狠地盯着自己，心里愤愤不平地想，你敢用这样的目光看我，太不把我放眼里了。

最后狼把野山羊吃了。临咽气前野山羊还想不明白，这世界怎么了？

# 苍鹰之死

随着旅游业的发展，来边城小镇拉海儿游玩的内地人越来越多。人们现在不都是讲究吃特色吗，小镇上的几家餐馆相继"开发"出了几个拿手菜，什么"天上人间""花好月圆""小蘑炖土匪"等。所谓"天上人间"就是卤鹰蛋和鸡蛋，"花好月圆"就是几朵萝卜花上放了一个摊黄雀蛋，而"小蘑炖土匪"就是蘑菇炖小鸡。不知什么高人发明的，把家养鸡叫土匪鸡，而起菜名时又把鸡字省落掉。这些菜名的初创者，不知到专利局申请专利没有？无论从哪一方面推断，这些菜名的创意者，应该是有些审美意识和文学细胞的。

就说这"天上人间"吧，鸡蛋好找，可这鹰蛋就是稀罕物了。物以稀为贵，按一般的标准，一份"天上人间"里有八个鹰蛋和八个鸡蛋，标价基本在四百元左右。由于鹰蛋被人们吹得有点神了，说它不但有很高的营养价值，还含有高蛋白、高钙质，并有滋阴壮阳作用。虽说价钱高了点，但品尝者大有人在。镇上几家饭馆的鸟蛋供货者都是一个人——猎人腾尔木罕。

腾尔木罕四十多岁，古铜色的脸上像镀了一层油彩，彪悍、精干，从眼睛里射出的两道目光里充满了自信和野性。他从小在马背上长大，他不但是个好骑手，还是个好跤手，在他记事起的二十多次那达木摔跤比赛中他还没有败给过哪一个对手。他属于大自然，他属于大草原，他骑马在草原上驰骋就像鱼儿在水里游动。他是个以狩猎为生的猎手。

他打死过野狼、野羊、野猪、狍子，为追踪一只飞狐他曾在雪地里蹲守过三天三夜。后来，草原上的动物越来越少，公家人又查得厉害，他也越来越感觉到狩猎这碗饭不好吃了。不知从何时起，他喜欢上了掏鸟蛋。他心里想，真是天无绝人之路，来小镇上游玩的吃客们出钱养活着他。

这天寒风卷着黄沙铺天而来，腾尔木罕翻山越岭爬上了天目山。这样的天气连鸟都飞不起来，运气好的时候，用手就能逮几只山鸡回来。跟在鸟们的后面，就会很容易地找到它们的老巢。爬到半山腰时，腾尔木罕在一块岩石的后边突然发现了一只苍鹰，他心里有些激动，又有些紧张，他心里明白，这苍鹰可不是等贤之辈，他的爪子锋利无比，又准又狠，一只跑着的大野兔它一个俯冲就能抓起来。他从腰间掏出匕首和绳子，一步一步向苍鹰靠近。那只棕褐色的老鹰像知道后边有人跟着它似的，走走，停停，步子不紧不慢，像怕后边的人跟不上它的步似的。

一步一步，苍鹰把腾尔木罕带到了悬崖峭壁的边沿。这时苍鹰回了一下头，它的眼珠一转，好像是向腾尔木罕做了一个鬼脸。这一瞬间，腾尔木罕好像感觉到了，他的心猛地一颤。他对自己说，一定要小心，不行就放弃。但那只苍鹰却在前面不远处停了下来。腾尔木罕偷偷向下看了一眼，不由得倒吸一口凉气，下面是个深不见底的大山涧。他稳定了下自己的情绪，并没有再向前爬，他观察了下地形，向苍鹰所站的另一边爬去。走了几步，他脑中突然有种不祥的预兆闪了一下，他打算撤退，这时他在身边的岩石缝里发现了一个鸟巢，他的心又狂跳起来。他下意识地向苍鹰看了一眼，苍鹰用惊恐、哀怨的目光盯着他，他的心又是一颤。他本想放弃，但心里一想，临阵退缩不是我的性格，况且果实就在眼前。这时他向苍鹰笑了笑，开始把手伸向鸟巢。他小心地把那个大鸟巢从岩石下拉了出来，里边整整有十二个鹰蛋。这时苍鹰哀鸣着向他扑来，他一躲闪，呼叫着的山风差一点把他和鸟巢一起吹下山崖。这时苍鹰回身箭一样地俯冲下了山涧。

腾尔木罕吓出了一身冷汗。他定了定神，开始准备撤向安全的地方。这时那只苍鹰又飞了上来，它不顾一切地哀叫着向腾尔木罕进攻，腾尔木罕挥舞着手里的匕首保护自己。苍鹰俯冲了几次，体力渐渐不支，它受了伤，有鲜血从身上滴落。只见它退回到山涧的上空，停顿了片刻，在腾尔木罕迷惘的注视下，用尽最后的力气撞向山崖……

# 谁不愿做只飞翔的鸟

早晨一起床，娘说：早起一个星期了，今天是星期天，就多睡会吧。

不行，昨天晚上不是给你说了嘛，老师让我和莹莹、长居、思文今天一起去镇上买书。

镇上人多车多，一定要小心。

那可不一定，有人给的钱多，我就把自己卖了。

你个不害臊的死妮子。我和娘都咯咯笑了。

我们在村口集合齐了，就向山外走。我们一边走一边向后边看，走了一段，见后边没有人，就从一条小路拐了弯，向东山的方向走去。给家长说是去镇上买书，实际上我们要搞一次秘密行动。

天很蓝很蓝，地里的小麦正在抽穗，到处都是一片绿色。田埂上开满了红的、紫的、兰的小花。

说说笑笑到了东山跟，长居说：咱们比赛，看谁爬得快。

比就比，谁怕谁。我说。

爬了一会，我和莹莹就被甩在了后边，莹莹说，大红，我全身都出汗了。咱们歇歇吧。我喘着粗气说：行。我俩对着上面喊：有什么了不起，你们还是男的呢。

歇了一会，长居他俩在上面喊：两位娇小姐，差不多了吧。实际上他们并没走多远。赶上他们后，我们就一起爬。爬了一会，向上看看，我们以为就到山顶了，可爬一阵子还是不到。又歇了几次，莹莹打退堂鼓了：要不，咱们别向上爬了，咱们回去吧。她坐在地上赖着不走了。我说：不行，我们都到这儿了。要不这样，叫长居和思文拉着你。我这样一说，他们俩的脸立马红了。有什么不好意思的，都是同学，相互帮助也是应该的。他们扭着脸，拉起莹莹就走。

小路两边全是树林，我们的出现偶尔使一两只山鸡惊飞。

快中午时，我们实在走不动了，就坐下来休息。各自拿出了书包里的干粮和煮鸡蛋，还有灌水的瓶子。才开始是各吃各的，莹莹抢了思文的半个咸鸭蛋后，我们就相互抢夺着吃了起来。吃饱闹够，我们又重新上路。

当我们四个汗流满面到达山顶时，一下子全瘫在了那儿。我们脑子里一片空白，一路的激动顷刻间化为泡影。山的那边竟还是连绵起伏的山，没有我们幻想的世界；天也开玩笑似的移向了另一座山的顶端，使我们想摸摸它是软的还是硬的，凉的还是热的的希望成为奢望。

在我们那个三面环山的小山村里，在我们最远只去过离村七里路的洪范镇的每个少年心里，都有一个愿望，想看看山外边的世界是个什么样子。

我们四个坐在山顶上，任太阳晒着，各怀心事地望着远方。

　　长居瞪大眼睛，挨个看了我们一眼，忽然大笑起来，他指着我们三个脸上的汗道道笑得说不出话来。我们看到别人的模样也大笑起来。莹莹指着长居的鼻子说：你是老鸹飞到猪腚上，光看到别人黑看不到自己黑。

　　思文抬头望着天空说：我们要是只能飞的鸟该多好，想去哪儿去哪儿。我就先去一趟北京，到天安门广场看一看，到故宫里看一看，看看北京人民是怎么生活的，他们是不是天天有肉吃？

　　我说：要是能飞，我就去一趟青岛，先是看看海，和海鸥一起翱翔在波涛汹涌的大海上面，该是多么惬意的事！

　　要是能飞，我就去新疆沙漠，为国家把所有的矿藏找出来。如找到大的金矿，我就先抱回一大块来，卖了在镇上给我们家盖一所房子。长居眯着眼说。

　　莹莹说：你小心眼，要是找到金矿，先把咱们的学校都盖成楼房。我要是能飞，就飞到美国去，把他们的先进技术都学回来……

# 神奇的药片

　　这是2208年的一个上午，在北京不是特别繁华的一条街上，一位中年男子走入了我的诊所，他抬头用心看着挂满墙壁的写着"华佗再世、当代李时珍"的锦旗和奖状，愁苦的脸上露出了一丝笑容。

　　一位礼仪小姐把他领进了诊室，我微笑着起身相迎：先生，您请坐。礼仪小姐倒了一杯水放在他的面前，笑着向他点了下头，退了出去。

　　这位先生的面部长得很有特点，眼睛、鼻子、嘴巴像听到紧急集合的号声，一下子跑过了头，还没来得及退回去就听到了立正似的，都在不太是自己的位置站定了，总的说，就是他长得很喜剧。

我等这位先生坐下，喝了几口水，稳了一下神后，不紧不慢地问道：先生，在哪儿高就啊。

　　他自信地说：我是市文化局的华局长。

　　我说：说说您的症状吧。

　　他说：你很慈祥。

　　我说：谢谢，我这也是百年修炼的。

　　他向后看了一眼门，礼仪小姐出去时已经关上了。我说，你放心，在你走出去之前，不会再有人进来。

　　他咳了一声开始说：我吧，老婆长得特别漂亮，女儿也长得特别可爱，仕途上也还算知足，钱当然也够花，但最近我突然想，人活着真他妈没多大意思，我想自杀，但又不想把漂亮的老婆和可爱的女儿留给别人，我心里很矛盾，也很苦恼。

　　你有想自杀的念头多长时间了？我用手理了下花白的长胡子问。

　　快两个月了。

　　还有什么症状？

　　上班时间心神不定，坐立不安，两个副局长都盯着我这个位子。听说省里新提拔上去的副部长，就是兰副局长的老丈人。下面来人，请出去吃喝玩乐也没了兴趣。回到家也不看电视，除了吃一口饭外，就是一个人在书房里待着。最近，老婆叫我的一个好朋友来劝我去看心理医生，我看他们之间有点不对头，我审问我老婆，她死活不承认。我发现好几次了，十五岁的女儿居然和姓兰的儿子聊得很投机，他都上大二了，再把我女儿给骗了，我烦死了。

　　你这是明显的抑郁症的表现，这样吧，我给你开三天的A片药，一天吃一片，不好你再来找我。不过，这药有点贵，要两万多块钱。

　　没关系，再贵点都没关系，只要能治好病就行。

　　三天后，这位先生又一次来到了我的诊室，他的脸笑成了一朵花，他使劲握住我的手说：王医生，你真是神医啊。我一点也不想自杀了，我太留恋现在的幸福生活了，昨天晚上我和老婆那个了，感觉真是妙不可言啊。我那朋友也是好朋友，他不可能有别的想法。女儿和兰家小子也没事，是我多心了。

他千恩万谢刚出门，一位少妇被礼仪小姐领了进来。我微笑着起身相迎：这位女士，您请坐。礼仪小姐倒了一杯水放在她的面前，笑着向她点了下头，退了出去。

这位女士有三十岁左右，模样、气质、身材都很好，穿得更是得体，她头上的一顶手织的毛线帽，加上她顾盼生情的眼神，可以说是风情万种。

我等这位女士坐下，喝了几口水，稳了一下神后，不紧不慢地问道：这位女士，我好像在哪儿见过您啊。

她自信地说：那就对了，我是市电视台的主持人南楠。

我说：我说看您这么面熟呢，南女士，说说您的症状吧。

她说：您很慈祥。

我说：谢谢，我这也是百年修炼的。

她向后看了一眼门，礼仪小姐出去时已经关上了。我说：你放心，在您走出去之前，不会再有人进来。

她轻声咳了一下开始说：我吧，半年前到南方去休养，感觉浑身没劲，也没有食欲，到医院一查，发现得了癌症。我还不相信医生的话，又去了另外两个大城市的医院，结果都是一样的。我感觉到了绝望，我还没有结婚，还没有生过孩子，我刚得了全国金话筒奖，我不想死，我咨询过好多名医，也去过国外，偷偷做过好多次化疗，吃过治癌症的所有药，都不管用，而且病情越来越恶化。真是没办法了，才到您这儿来试试，您就把我死马当活马医吧。

还有什么症状？

心烦意乱，胡思乱想，欲哭无泪，感觉天就要塌下来了，世界末日来临了。过去我一天洗一次澡，现在三个星期都没洗澡了。

从几个医院检查的综合情况，加上您说的症状来看，肯定是癌症，而且是两种癌，这样吧，我给你开四天的B片药，一天吃一片，不好你再来找我。不过，这药有点贵，要三万多块钱。

没关系，再贵点都没关系，只要能治好病，我把身子给您都行。

四天后，这位女士又一次来到了我的诊室，她穿得雍容华贵，她见礼仪小姐出去了，突然上来抱着我就啃：王医生，你真是神医啊，吃完药我感觉好多了，有精神了，浑身也有劲了，更是有食欲了，昨天晚上一个人吃了一个大猪肘子，真香啊，来您这儿之前，我去市立医院做了彻底检查，医生说，真是奇迹，你身上的癌细胞一个也没有了。走吧，我的车在外边，咱去个好饭店，您随意点，我是真心请您的。

你的心意我领了，老翁只是济世救人，收不起此"重礼"。

那，那我怎么报答您？我去找台长，给您做个专题节目。

我这个诊所很小，但百病包治。我这里还有治男女不孕的C片，治有暴力倾向的D片等，药片的成分都是我亲手配的，药方是我结合李时珍的本草纲目，摸索几十年实验出来的。只要吃了我的药，药效可以立即传遍病人身上的每个细胞和神经末梢，药到病除，永不再犯。

我望着那个风情万种的女人，得意地笑了。

媳妇掀开了我的被子，扯着我的耳朵说：都什么时候了，还做美梦，梦里还笑，是不是梦到又娶了房媳妇？

这要不是梦，该有多好啊。

# 前辈的恩怨

主人都走了，上班的上班去了，上学的上学去了。

家里只剩下了娃娃和当当，娃娃在客厅里沉思着走来走去，并不时偷看一眼正趴在沙发上闭目养神的当当。

娃娃停止了走动，好像下定了什么决心。来到当当所在的沙发跟前，抬腿放了上去，她叫一声算是打了招呼：当当哥哥，从我来到这个家你就不太理我，我没有得罪你啊！我为了讨好你，把给我吃的鱼肉什么的留给你吃，你总是不吃。每次我和你说话，你也总是带答不理的。咱这样待着多孤独

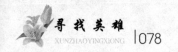

啊，时间长了，咱都得孤僻症了。你有什么想法就说出来，我有什么不对的地方一定改。你别不理我好不好？

当当听了娃娃的话，长长地叹了口气后说：你说的不无道理，可……这样吧，我给你讲个故事听听。

好哥哥，你讲吧，我最爱听故事了。

好多年前，山里一户人家的男主人在地里干活时，从土里挖出来了一个小盆，拿回家被媳妇洗了洗放起来了，谁也没把它当回事儿。

突然有一天，他干活回来，媳妇神秘地告诉他：咱家有好日子过了。

他不相信地看着媳妇说：你发烧了吧，咱家会有什么好日子过？

你还记得你从地里挖回来的那个小盆吗？媳妇满脸的兴奋。

小盆怎么了，是金子做的？也不像啊，一点也不沉。

媳妇关了外门，又关了屋门。高兴地说：比金子还金贵。说着进里屋拿出了那个小盆放在桌子上，你看看里边是什么？

男人凑过去看，这不是几个铜钱吗？

你拿出来看看。媳妇说。

男人伸手一把抓了出来，放在了桌子上。他抬头看着媳妇。

媳妇说，你看看里边还有吗？

他低头一看，那盆里还放着那么多铜钱。他不相信地又去抓，盆里还有铜钱。一会的工夫，桌子上堆了一大堆铜钱。他揉了揉眼睛，问媳妇：我这不是做梦吧？

不是做梦，是真的。

有钱了，他们开始置房子置地，日子越过越红火。

这年春节后，他的一个河西的好几年不走动的朋友来了，一看他们住进了宽大的新房，拴了好几挂马车，养了十几头牛。喝着酒时问道：哥哥，你们这几年的日子，怎么一下子过得这么好？

酒喝得也差不多了，他得意地说：不瞒你说兄弟，我从地里挖回来了个好东西。

听了他的介绍，他那朋友说：拿出来让我也开开眼。

他想了想，从里屋拿出了那个小盆，给朋友演示了一遍如何向外抓钱。

两人继续喝酒。

当那朋友要走时，他给装上了一大口袋粮食。快迈出门口时，那朋友难为情地想说什么，他说：好兄弟，我现在日子好过了，你有什么难处就明说，我能帮的一定帮你。

那朋友吞吞吐吐地说：大哥、大嫂，按说我不应该提这话，你们知道，我家上有两个老人，下有好几个孩子，日子过得很艰难。但我知道大哥、大嫂都是好人，能不能把那个宝盆借给我用用？

这……

大哥、大嫂，你们放心，我用几天就给你们送回来。说着跪了下来。

快起来，快起来，他看了眼媳妇：要不，借给兄弟用几天？

媳妇说：你当家。

他想了想说：你我是好兄弟，我过上好日子了，你还在受穷，我心里也不好受。这样吧，我把宝盆借给你用十天，十天后，一定给我还回来。一是小心别摔了，二是别让人家知道了。

哥哥、嫂子放心，十天后我一定送回来，哥哥和嫂子的大恩大德我们一家几辈子也不会忘记的。

十天后，那朋友没把盆送回来，又等了两三天，还是没送回来。他走了三十多里路去要，一进门，那朋友是好喝好吃好招待，最后那朋友说：对不起哥哥，那个盆丢了，要不我早给你送回去了。

他去要了三次，盆也没要回来。

看到主人着急的样子，还有家里的生活一日不如一日，主人家养的一条狗和一只猫也感觉到了。

这天，狗对猫说：猫妹妹，咱家的宝盆被主人的朋友借去了，主人去要了三次，那人都说丢了，要不，咱俩去看看。

行，不过到河西去得过河，我可不会游泳？

没关系，到时我驮你。

这天天还没亮，狗和猫就上了路。赶到河边，狗让猫趴在自己的身上，说：猫妹妹，你可坐好了，咱们下水了。

狗把猫驮过了河，到了主人好朋友的那个村里，他们也不知道主人的朋

友住哪一家。猫说：狗哥哥，你进村目标太大，等天黑了你在村外等着，我进去找。

等到天黑后，狗在村外等着，猫就进了村，几乎把全村都走遍了，猫才在一家人家的屋里发现了那个宝盆。它回到村外叫上狗哥哥，一起来到了主人的朋友家门。它先进去开了外门，让狗哥哥在门外给它壮胆，它进主人的朋友屋里偷出了那个宝盆。它俩来到河边，还是猫趴地狗身上，两个过了河，回到家时还是晚上，主人家已经关门休息了。猫说：狗哥哥，你在外边等着，我先进去。猫从墙上进了院后，直接进屋去给主人报喜，主人白天还念叨，这几天狗和猫都跑哪儿去了？看猫抱着宝盆回来了，主人是喜出望外，忙叫媳妇起来给猫弄鱼吃。鱼煮熟了，猫就大口地吃了起来。

狗在外等着主人来开门，一等也不来，二等也不来。就开始叫着用头抵门，主人听到外门响，没有理它。外门响得更厉害了，主人心里说，看看人家猫，自己去把宝盆弄回来了。你出去野几天了，现在才回来还敢闹动静。主人一气之下，拿了个铁锹去开门，狗一进门，就被主人打死了。

你知道吗？那个狗和猫就是我们的前辈。从那后，我们狗就很少理你们猫了。

那是前辈的恩怨，我们应该向前看，只要我有好吃的，我绝不会忘记你的。当当哥哥，我们从咱们开始合好吧。

当当想了想也对，冤冤相报何时了，人家娃娃妹妹都表态了，自己一个大老爷们心胸应该更宽广一点。它抬起前爪向娃娃伸了过去……

**第七辑**
悠悠父子情
XUNZHAOYINGXIONG

# 三叔是个精神病

从我记事起，三叔就少言寡语，目光呆痴，除了下地干活，经常在村里到处走动，有时还会自言自语。小孩子背后都喊他，精神病。

过了年，走亲戚串门的多，吃完饭没一会儿，村口北墙根就站满了人。每见走过一个穿着光鲜、长得好看的年轻女人，男人们的眼光都不够使的了，好像要看到人家衣服里、甚至骨头里去，有时三叔也在其中。等大部分人都收回了眼光，被看的女人走得看不见了，三叔的目光还在向那个方向望着，脸上露出一丝浅笑。

有人开玩笑说：张三，我知道刚才那个姑娘是去谁家串门的，去给你说说，让她给你当媳妇，你要不？

三叔不好意思地笑笑，低声粗声粗气地说：要，就怕人家不愿意。

三叔的回答，引来人们的一阵哄笑声。

小时候不懂事，每当上学或出门时，在街上看到三叔的背影，我就赶紧拐弯绕开。就是无意中碰上了，我也装着不认识似的，低头快步走开。没事时我就想，我怎么有这么一个精神病叔叔？叫人家知道他是我的亲叔叔，太丢人了。随着年龄的增长，越来越觉得有这么一个叔叔，使我在人前抬不起头来。

三叔的病时好时坏，好时，他什么话都懂，下地干活，吃饭睡觉，一切正常。犯病时，眼睛瞪得老大，稍不如意或说他句什么，他就大喊大叫，狂躁不安，看到什么砸什么，拿到什么摔什么。在我的记忆里，家里吃饭的锅

和吃水的水缸，都被他砸坏过无数次。你不让他发泄，他气得躺在地上，口吐白沫。许多村人跑到我家门口来看热闹，只要我在家，我总是怕难看，去把大门关上。

十岁时，我上三年级了，放学的路上，因为在学校运动会我跑了五百米的第一名，比我大两岁，上五年级的刘明铺说我，你再跑第一，你叔叔也是个精神病。

这话点到了我的痛处。

我想骂他，不知道骂什么好。我憋得脸通红，突然转身用头向他撞去，他没有防备，向后退了好几步差一点儿摔倒，许多学生都围上来看热闹。

他也急了，上来就用拳头打我，我们两个打得不可开交，是后面上来的别的班的老师把我们拉开的，我的鼻子被打出了血。

由于我年龄小，体质弱，还是吃了亏，我哭着回了家。

爹娘问我：你和他为什么打架？

他说我叔叔是个精神病。

他愿说说去，你叔叔本来就是个精神病。

不，我不愿意人家说我们家的人是精神病。

奶奶要去找刘明铺父母说道说道，我爹说：算了，小孩子打架，说不定明天就又玩一块去了。

看爹这样说，我哭得好不伤心。

第二天，村里出了事，而且事出在刘明铺家，他家的马晚上死了。我暗自高兴，真是老天报应。

叔叔又犯病了，躺在床上不起来了。

他家的马死得也特别离奇，有人从马的屁股眼里捅进去了一根大木棍子。

没两天，叔叔被公安局的人抓走了。

到那一检查，他的胸肋骨断了两根，那是被马踢伤的。

公安局的人问：你为什么弄死人家的马？

叔叔说：他欺负我侄子就不行。

二个月后，叔叔被放了回来，他因有精神病史，没有被判刑。

放学回到家，我主动投进了叔叔的怀抱。

# 吝啬鬼

到鲁西南采风，在一位好友安排的聚会上，见到了当地的一帮文友。大家互相寒暄后，开始进入正题——喝酒。

半个小时后，每人面前的一大杯白酒下肚了，从二十多里外的村里赶来的小文脸红扑扑地说：一贤老师，恩华老师，我真不胜酒力，这样吧，我给你们讲个故事，算是表达表达我的心意行不行？

看他真诚的样子，我点头同意。

恩华兄说：讲得精彩，就放过你。

过去，我们村有个人，会过是出了名的。来了客人，倒酒时不小心洒桌子上一点，他赶紧伸头用舌头去舔，有一次，也是陪亲戚吃饭，他突然钻到了桌子底下去，在下面摸索了好一阵子，碰倒了瓶子和坛子，弄出了很大的动静，亲戚和家人不解地问：你找什么？

他含糊其辞地说：不找什么，不找什么。

他夫人问：你到底想找什么？

他红着脸说：掉了一颗花生米，可怎么也找不到了。可能是滚老鼠洞里去了，便宜它们这些王八蛋了。

他穿的所有上衣都没有领子，他说：那块布放上也是浪费；他从来没戴过帽子，过了伏天就不剃头了，头发留下来冬天御寒；晚上光着身子睡觉；冬天不下地，没大活干，所以晚上从来不烧汤，有时小孩子饿得哭，他找出个过年时扔到一边的鸡爪子，用嘴吹吹上面的土，递给孩子说：这可是好东西，是肉，越吃越香。孩子高兴地放在嘴里，一会后又哭了起来，一边哭一边说：这是什么破肉，一点也吃不动。孩子在哭声中，嘴里含着个鸡爪子慢慢睡着了。

有一次出门，走在路上有点内急。他忙调转方向向自己家的地里跑，才开始还放开脚步跑，后来就夹着两腿跑，等好不容易踏进了自己家的地边，内急问题已经解决在了裤子里。

他的死更是一个谜。

初冬的日子，老爷出去一天了，很晚了还没回家。夫人忙吩咐伙计们：你们快分头去村外咱家的地里去找找老爷，他出去一天了，这么晚了还不回来。伙计们分头出去找，东边、南边、北边的人回来后都说：没找到老爷的一点蛛丝马迹。正在大家焦急万分的时候，去西边寻找老爷的伊六，抱着老爷出门时穿的衣服和鞋子回来了。夫人问他：老爷呢。

他说：不知道。

夫人一边翻看衣服一边哭着问：你从哪儿找到的老爷的衣服？

在离黄河一里外的咱家那块地里。

夫人见老爷的衣服一个布丝也没少，心里好像明白了什么，哭得更厉害了。

有人说：是不是老爷被绑票了？

不可能，绑票他脱老爷的衣服干什么，还放在咱家的地里？

他是不是去黄河里洗澡被水冲走了？

那他把衣服脱那么远干什么，再说，天这么冷，不可能还去河里洗澡。

第二天，东家派人沿黄河两边寻找了上百里，也没有找到他的一点痕迹。

夫人突然想起来了，老爷这几天一直咳嗽，痰里还有血丝。他前天晚上还自言自语：说自己得了痨病，没救了。他是不是想不开？

失踪时，他刚六十多岁吧。

至今，他的故事在我们那儿广为流传，但他去了哪儿还一直是个谜。

听了这个故事，酒桌上清静极了。有人叹气说：世上会有这么会过日子的人，他这样悄无声息地走了，省下了一块坟地和一身衣服外，还省下了方方面面的不少开销。

# 怀念生命中的一只鸟

坐在城市里高楼的办公室里，时常想起生命中出现过的一只鸟。

小时生活在农村，那是十一二岁时候的事情。

是个夏天，应该是星期六或星期日，那天没去上学。由于天热，半下午才出门，没有找到伙伴，挎着篮子自己独自上了东山。爬到半山腰，开始蹲下割草。割一会儿，出一身汗，找个树荫歇一会。歇一会，身上的汗下去了，再去割。割了草就放在身后，也不去收。太阳快落山时，累了坐下歇会，没想到困意这时上来了，索性找了个平整的地方躺了下来，脑子里想的，躺一会赶紧起来。

不知过了多久，我被一块小石子不偏不斜砸在脖子上惊醒，我睁眼一看，天已有些暗了下来，这是谁用这颗又圆又滑的小石子打的我？我环顾四周，一个人影都没有。我再仔细向天上看，一个比拳头大一点的鸟在我躺的上空盘旋着，我看不清它身上羽毛的颜色，只听到它像有些着急样地鸣叫着。我心里明白了，是它用两只爪子抱起了小石头，飞起来对准我砸了下来，它是提醒我，天晚了，快起来回家吧。

我坐了起来，心里充满感激地抬头看着它。见我醒了，它又在上空盘旋了一圈，唱着歌，欢快地飞走了。我忙把草收到篮子里，趁天还没有完全黑下来，慌忙地背起草篮子下山。

一路上，看着前后左右的树影，恐惧一步步向我袭来，感觉头发都立了起来。我深一脚浅一脚刚走到山根，天就完全黑了下来。

一路走我一边后怕，要不是那只不知名的鸟提醒我，我自己在山上睡到半夜去也说不定。家人着急也没办法，这么大的山，他们不可能找得到我。还有，万一有狼、虎出现，我的小命就这样不明不白交待了。

　　我的生命中曾有一只贵鸟出现。它肯定不在这个世界上活着了，但我经常会想起它。

# 偷瓜

　　1974年那年我十二岁，在村里小学上五年级。有一天到北大坝参加劳动回家的路上，天慢慢黑下来了，走到长领子地东头，二柱小声对我说：今天晚上咱来偷瓜吧。长领子上的两块地是两块长条地，不知从哪位先人开始，就把那两块地叫长领子了。那两块地里是我们生产队种的甜瓜，也有很少一部分西瓜，平常割草时我们无数次路过那两块瓜地。二柱是体育委员，我是劳动委员，他一说我积极响应，我们又叫上副班长满仓，因我们几个最玩得来。我们商量好，回去放下干活的家什就出来，到村北榆树下集合。

　　回家放下工具，拿了块干粮就跑出来了。我们磨蹭了一会，看下地干活的差不多都回村了，正好是人们吃晚饭的时候。这时老天也给我们帮忙，一下子黑得伸手不见五指。我们三个既兴奋又有些害怕，连说话的声音都有点发颤。二柱一声令下，我们开始向瓜地方向移动。到了瓜地下，我们是这样分工的：二柱先踩着我的肩膀爬上去，趴着观察一下动静，如没事满仓再踩着我的肩膀上去，我在下面接应。

　　我哆哆嗦嗦蹲下来，二柱两只脚分别踩在我两边的肩膀上，我扶着墙一点一点站起来，把他顶了上去，我和满仓在下面等了一会，他小声喊：没有事，满仓快上来。我忙又蹲了下去，满仓踩着我的肩膀也上去了。待了一会，他俩走到地头，招呼我接瓜。他们蹲在那儿一个一个向下扔，我左右移动着用两手去接，这时我觉得天好像也没有刚才那么黑了，但有两次我还是没有接住，瓜摔在了地上。他们俩在上面小声骂我：笨蛋。最后二柱喊：这个可接好了。我运了运气，对上面说：你扔吧。他扔下来，我用手去接，瓜是接住了，差一点把我坠倒，他最后扔下来的是个大西瓜。他们跳下来后，我们把上衣扣解开两个，各自把甜瓜装进上衣里边，然后再把扣子扣上。因为那时我们穿的衣服都是母亲手工做的，所以根本就没有兜。二柱最后抱起西瓜我们撤到了安全地带。找了个地方坐下后，我们又把塞在上衣里的瓜全部掏了出来，喘了会儿气，二柱说：咱们先吃西瓜吧。他用拳头砸了几下没有砸开。满仓说：肯定不熟。满仓找了块大点的石头，抱起西瓜向石头上一摔，瓜开了。我们动手吃，满仓吃了一口后说：还可以。二柱说：可以个屁，他娘的不熟。吃了有一半，都不吃了。二柱说：不吃拉倒，咱们吃甜瓜吧，先一人拿出一个来，我带回去给我妹妹吃。甜瓜也几乎都是生瓜蛋子，没太大甜味。每个瓜都啃一半就扔了，二柱说：熟瓜都他娘的叫干部吃了。

　　这时，朦胧的月光洒满了大地，我们几个打闹着回家，闪亮的星星眨着眼睛，仿佛在嘲笑我们这几个淘气鬼……

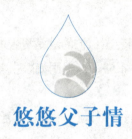

# 悠悠父子情

　　那天母亲把从部队回来的我和妻儿迎进家门，刚放下行李，我就问：爹呢？娘说：到地里干活去了。我说：我去喊爹。妻说：我跟你一起去。儿子叫：我也去。母亲锁了门也跟了来。我们拉着家常来到地头，望着在地里忙碌的父亲，我喊了几声爹，竟无反应，我让儿子喊爷爷，仍然没有作用。娘说：你爹耳朵背了，听不见。我含着泪向父亲走去。这时在地里干活的一个老乡对父亲说：有人叫你。爹停了手里的活，向地头这边看了看，收起一把翻下的断秧子，向我走来。我迎上去又喊了一声爹，双手抱住父亲的胳膊，眼泪流满了脸颊。天呢，怎会是这样，父亲的脸上满是老年斑，头发几乎全白了，背也有些驼了。父亲说：真没想到，你们回来，走，咱们回家。我想接过父亲手里的锄头，他不肯给，我强夺过来，扛在肩上。走到地头，妻子喊爹，儿子喊爷爷。父亲一一答应后问儿子：你们都回来了，你爸爸怎么没回来？我心酸地咬住嘴唇，但眼泪还是不听使唤地流了出来。弟弟也是军人，也在我所在的城市里服役。母亲说：看，你爹耳朵不行了，眼也花了，我在家忙着时让他拿点东西总是拿错，说话也是你说东他说西。母亲比父亲小几岁，虽然身体也很虚弱，但看上去气色比父亲好些。

一路上我一直抱着父亲的胳膊不肯放。就是这双胳膊这副肩头，抗日战争中扛过枪，拼过刺刀。父亲当过八路军，在枪林弹雨中拣回一条命。

父亲曾当过十几年生产队长，我记得唯一沾的公家光，就是用从生产队会计那儿拿来的用完的浆糊瓶做了两个煤油灯瓶，一个扁的，一个圆的。我曾端着那个扁的到村东的破庙里上过晚自习。那时候在队里干活的父亲样样都走在别人的前面。在一个工才值一毛多钱的岁月里，收工后父亲叫上二姐和我到山上去割草，回来晒干后，冬天每一百斤卖五元钱，那是姐和我的学费及全家整个冬春的盐钱。

我还记得老家的那几间老屋，怕的就是夏天的连阴雨，父母把家里大大小小的盆盆罐罐都摆出来还不够用。那雨滴敲击各种盆罐的声音像首感伤的曲子，唱得让人心碎。

我更记得我高中毕业后，跟人出外干石匠活拉石头，晚上收工时已是八九点钟，独自再走十多里路回家。早晨五点，鸡刚打头遍鸣，父亲起来背上干粮袋子送我一程。

父亲像一盏明灯照亮我成长的足迹，二十多年的军旅生涯，我所得到的每枚军功章里都融有父亲的心血。

进了家门，洗了把手坐下，我忙掏出烟给爹点上。爹深深吸了两口，突然睁着昏花的眼睛看着穿军装的我说：你们回来了，你哥怎没回来？娘说：你看，你爹还没认出你是谁来。我又一次泪流满面。我呆呆地站在那儿，望着苍老有些木讷的父亲，任咸咸的泪水流进口中，流进脖子，流进心里。

父亲，过去，您是一座山，是全家人的依靠；现在，您依然是一座山，是儿女们的精神家园。

**第八辑**
# 亲爹亲娘，让儿子再多爱你们一点
XUNZHAOYINGXIONG

# 穿上军装前的那些日子

这年秋天的一天傍晚，我正在家里干活，听到广播里说，明天应征入伍的青年去公社体检，我忙走进屋里又听了一遍。出门后我对父母说：我要去当兵。父母迟疑着说：你要不愿在家里干，去东北你大姐那儿找个活干。我说：你们要是不让我去，反正今后什么我也不给你们干了。母亲和父亲交换了一下眼色说：不是不让去，怕你出去不行。我说：人家那么多当兵的都行，我为什么不行。他们说：要不你去试试。我平日里不太爱和生人说话，没办法了，我硬着头皮去找村里的民兵连长，民兵连长说：可能是把你的名字忘了，你再去找一下大队会计。明天早七点咱们一起去公社。那天从大队会计家回来我高兴坏了，终于没有错过这次机会。这天晚上我兴奋得天很晚了才迷迷糊糊进入了梦乡。

第二天早上天不亮我就起来了，民兵连长领着我们村里的几个小青年去了公社。每个村的民兵连长后边都跟着几个年轻后生，像老母鸡领着自己的几只小鸡来回走。在公社院里见到了好几个初中和高中时的同学，大家见面说笑几句，互祝对方都有好运。才开始我美得不行，凭咱这个头（当时有一米七八的样子吧），验兵的人当中，比我高的没有几个人。还有高中毕业生这文化，估计都能把一般的同志们比下去，但验了没几关，就不让我验了，说我的眼睛有问题，是沙眼。我一下子变的心灰意冷，我跪下来求医生的心都有，看我以乞求的目光站在那儿不走，那医生上来拍了我的肩膀一把说：小伙子，别灰心，这沙眼能治好，治好了明年再来。听了医生的话，我心里又升起了一点希望。我不知自己怎么灰溜溜回的家。

我在家躺了两天，还得起来去参加生产队里的劳动。你要吃饭就得去挣工分。往后的日子里，凡是有机会出门，我就去医院问：这沙眼怎么治。有时一看药太贵，我就不拿医院里的，拿着单子去外边的药店买。上工前收工后我总是拿着个镜子自己上眼药水或眼药膏，别人有时说：你怎么了，眼睛里老是黏着些什么东西似的。我听了总是向别人笑笑算着回答。谁也不知道我心中的真实想法，我要治好沙眼，还去验兵。

那一年开始各家种各家的地了，人们的积极性都很高，不论什么季节为了多出活都有送饭到地里吃的，更有为了把一块地里的活干完，多半下午才回家吃饭的，人们侍弄分到手的土地精心了许多，这样收回家的粮食，除了交公粮，剩下的都是自己家的。

秋天又验兵时我提前去找了大舅，他认识公社里的武装部长，去验兵时大舅也去了，我验到哪儿大舅跟到哪儿，没想到一路过关，出奇地顺利。特别是验到眼睛那一关时，我心里七上八下的，心想老天保佑，可别再把我验下来。公社里验上了这只是第一步，还要去县里验。等待再去县里验的日子里，我心里既焦急又兴奋，焦急的是当兵走的过程中再别出什么变故，兴奋的是我的多半只脚已迈入对我充满神秘感的军营。去县里验时县上来了两辆大解放，我们全乡的人都来公社集合一起走。由于初验过关，大家脸上的表情都有些神气，上了车有认识的同学或同村的小伙们开始打闹，只有民兵连长们宠辱不惊的样子，他们的眼睛看着车外，心里不知想着什么烦心的事，一脸凝重。农村的民兵连长几乎百分之百都是当过兵的人干，望着眼前这些充满青春活力的小伙子，他们是不是想起了年轻时的自己。

一路上，我们的目光好像都不够用的，望着道路两旁的田野、村庄从眼前闪过。我们是想从这些山外的景象看出和山中的一些不一样来。我这是第一次去县城，我想这两辆车上的大部分人都和我一样，都是刘姥姥第一次进大观园。到达县城时已是九点多，县武装部的院子很大，院子里已站了不少人，下车集合，公社武装部长讲了注意事项，允许大家上厕所，但不许乱跑，更不容许吃东西，待会要抽血化验。在公社体检时血压高点的，赶紧找个背人的地方，从兜内拿出一个小瓶偷喝点醋。体检到裸体查体时我又差一点出了问题，才开始叫把衣服都脱光，我们还有点不好意思，医生查得很仔细，连小鸡鸡都托起来看看，然后让举手抬腿，在蹲下站起时我的一个膝盖处不争气地发出了"啪、啪"的响声，医生让我再蹲下再起来，我努力装出已蹲到底的样子，实际上并没蹲到底，这样膝盖就不会响。往复多次，医生才认为没问题，终于过了关，走出那个检验室的门，我长长地出了一口气。有中途被验下来的，垂头丧气地躲到一边，不敢抬头看别人，像自己做了什么亏心事，有神的目光一下子变得呆直起来。检查完身体，民兵连长们各自带着自己的人去吃饭，公家花钱，那顿油条、鸡蛋汤对我来说吃得格外的香。

回到家后，我心里想我现在已是一只脚迈入了军营。我的心早飞得很远很远，我就要离开这贫穷的家乡到外边闯世界了，军营里人人平等，那里可能才是我施展才能的最佳所在。有一天民兵连长通知我第二天去东阿镇卫生院复查身体，我的心情重又变得沉重起来。忐忑不安地去了东阿医院，这回查体的军医特别地细心和仔细，最后解除了疑虑，认定我的身体一切正常，又虚惊一场。

拿到入伍通知书后，我心里的石头才终于落了地。生产队里的干部们买了肉来给我送行，父母炒菜招待他们，酒桌上都嘱咐我到部队上一定要好好干。临走的前一天晚上，二姐和姐夫来给了我十五块钱，说让我路上用。我只拿了十块，那五块钱留给了父母。我说：明天一穿军装，部队上什么都管了，花不着自己的钱的。

去县武装部报到那天，公社给我们四十多个应征入伍的青年开了简短的欢送会，领导讲完话后我代表入伍青年发言，表示我们决不辜负家乡人民的期望，到部队这个革命大熔炉里锻炼自己，发扬一不怕苦，二不怕死的革命精神，为祖国的国防事业做出自己的一份贡献，为家乡争光。到了县里，在玫瑰酒厂上班的同村的高中同学东庆跑着去送我，还给我买了些吃的。在武装部我们发了新军装和被子，换下的衣服包在一个包袱皮里，外边写上自己的名字，公家给捎回家去。连里边的裤头都是发的，穿上这身衣服我们就成了公家的人了。后来给我们编了排编了班，开始走步、跑步，开始了简单的训练，虽然这些在学校都练过，但在军官的指挥下重复这些动作不免还是有

些紧张。齐步走后，有人踩了前边人的脚后跟，有人甩那边胳膊迈那只腿。惹得大家想笑又不敢笑出声来。晚上讲了三大纪律、八项注意和明天上路后的注意事项。晚上睡觉自由结合两个人睡通腿儿，一个人的被子铺一个人的被子盖，好像又回到了上高中时的学生生活时代。

# 新兵连趣事

二十年前的十月二十五日晚上，我们这些新兵，在北京站下了火车，就坐上了接我们的大轿子车。一路上，我们好奇的目光一直看着窗外，忽然有人喊：那不是天安门吗？大家挤着向外看，坐在车子另一边的一位又说：你看，天安门广场。我们这帮山东平阴山里的孩子，一下子到了祖国的首都，一下子看到了这么多高楼大厦，简直激动得无以言表。那时正是华灯初放的时候，北京的夜晚是那样的美，北京又是那样的大。拉我们的车走了四五十分钟才到了目的地——基建工程兵教导队。那是北京四道口附近的一片平房，那时中关村可没现在响亮，只是一个地名。我们那教导队就在首体向北三站地的地方向东拐再向里走三站地的地方，从大街上向东拐以后，沿路的北京人都住的平房，路也是土路，下雨后还有些泥泞。我们那时给家里和亲戚朋友通信就写北京海淀区中关村基建工程兵教导大队。下了车按编的班排进了宿舍，洗洗手脸就开饭了，我记得特清楚，我们到部队后吃得头一顿饭就是肉丝面，一个班吃了五六桶都不止。大家全吃的满嘴流香，也许是一天没好好吃一顿饭了，更因为这是吃的真正意义的部队上的第一顿饭，还因为这带肉丝、油水大的面条真是好吃，再有就是和我们一起参加新训的还有二十多个女兵，虽然和我们一样都没带领章、帽徽，但一个比一个耐看，一下子见到这么多城市姑娘对我们来说都还是第一次，心情好，胃口也出奇地好啊。

　　天还蒙蒙亮，起床号就响了，一骨碌爬起来，先整理内务卫生，然后草草地洗把脸，刷刷牙，集合出操。操场在营房南边，只是一块很大的平地，操场西边、南边、东边都是老百姓的白菜地。我们这批男兵共二百人，都是我们一个县的，剩下的二十五个女兵都是北京兵。出操时女兵们跑在最后，队伍跑稀一点的时候，首尾距离很近。所以女兵们永远跑不出我们的视线。训练时也是这样，虽然以班为单位，但练正步，练走方队四个方向来回转，总有看到女兵们身影的时候。平常里打水、打饭近距离碰上，我们总是发扬风格，让女士优先。真走近了，倒真的不敢看人家了，只是用眼偷看。

　　训练了一段，听班长说要搞紧急集合，大家就都有些紧张。熄灯后有的人悄悄起来把被包打起来，只盖着大衣睡觉，怕紧急集合起不来。结果一夜过去，集合哨声也没响起，害得好几个人没睡好觉。没几天后的一个晚上，半夜里真响起了急促的集合哨声，大家手忙脚乱摸黑起来穿衣服，打背包，有一位战友背包向外走却迈不开腿，你问怎么回事，是有人拿毛巾把搭毛巾的铁丝拉下来，那位战友打在背包里边去了。出去跑一阵后，更是洋相百出，有的背包散架了，只能用手抱着，有的把裤子前面穿后面去了，有的上衣扣子错着眼扣着。天亮些大家你看看我，我看看你，能把人笑得肚子疼。还有一次，也是晚上搞紧急集合，集合起来值班领导讲，今天去圆明园捉特务，先用车把女兵送过去藏起来，让我们过去捉她们。路好长好长，跑到那儿，还要穿树林，过河沟。过河沟时由于天黑路滑，好几个人相继踏进水里去了。找到一个女兵，我们就欢呼一阵，有的女兵胆小，听到一点动静就尖叫着跑出来了。经过努力，把女兵们全捉出来了。她们又坐车走了，我们还得跑回来。那一次可把我们给累惨了。

　　记得当时黑板报上有这样一首诗，不知是哪位战友的杰作了，题目就叫《紧急集合》：

　　　　号声嘟嘟响，战友忙又忙，

　　　　赶紧打背包，手快心不慌。

　　　　背起了背包，还有崭新枪，

　　　　一切全带上，全副来武装。

全连集体齐，三分都到场，

紧张又迅速，苦练本领强。

为民站好岗，为国献力量，

敌人敢来犯，岂容他逞狂。

我们那时每天的生活费是六毛八分钱，一个月的津贴费是六块钱。除了买日用品外，还有剩钱买烟吸，买不起好的，当时我们买的是红灯牌的香烟，每包二毛八分钱。刚到部队那几天，上厕所时老解不开部队发的那种腰带，越内急越解不开，幸亏身后跟着我在县武装认识的头一晚上睡通腿儿的张方生。

有时晚上来几辆轿子车，拉我们去兵部看电影，记得看过的电影有《奴隶》《知音》等。我们的兵部就是现在解放军文艺出版社的所在地——白石桥四十二号。记得兵部的小礼堂里边是很漂亮的。临新训结束分配时，当时我们的排长向我透露，可能把我留在兵部站岗。当时我感到很高兴。没想到最后分配时，我却被分去山西一部队煤矿。后来一回味后悔也晚了，排长提醒我是让我给他买点东西，那时一个日记本或一盒好点的烟都管用。

练射击时我的情况老过不了关，瞄准、稳枪、扣扳机，不是这不行，就是那不行。我的眼睛瞄准时合不上左眼，合右眼用左眼瞄准，但一般是合左眼用右眼瞄，没办法，只能用帽子把左眼遮起来瞄，为此挨了好几次训，觉得脸上火辣辣的。平常里抢着扫地、扫院子、打饭、刷饭桶，星期五开班委会能得到班长的表扬是最高兴的事。还好，新训一个月时我被嘉奖一次，并被安排担任团支部委员。最后实弹射击时，五发子弹我打了四十八环，得了个优秀。由于左眼闭不上，我还怕自己打个不及格呢。

有时去参加义务劳动，帮菜农到地里收白菜，比训练舒服多了，不但自由些，而且还可以打打闹闹。新训结束前，我们去参观了天安门、故宫、中山公园、北海公园，并在天安门照了相，还瞻仰了毛主席遗容。最后参观了动物园，我还记得从动物园出来，我们在门口附近饭馆吃的羊肉水饺。

还有一件事还是吃的问题，我们刚到部队都吃不惯大米饭，所以早晨吃馒头时都要放起几个馒头来，留着中午吃米饭时吃。打一桶馒头一人两个就没有了，所以去食堂打饭一贯都是跑着去，一顿饭要跑个五六趟。有时去了没饭了，女兵们剩回去的馒头或面条也要。在新兵连什么都会让你干一干，帮厨、站岗、出公差。

我是到新兵连第一天开始记日记的，直到今天。

新兵连，是我人生的新起点。

# 亲爹亲娘，让儿子再多爱你们一点

春节前，父母来北京小住，并在这过春节。刚过正月十五，母亲就嚷嚷说天不冷了，我们回去吧。父亲今年85了，原先很棒的身体大不如前，身上的老年斑越来越多，满是沟壑的脸上写满了沧桑。

去年春节前，弟弟来电话，说父亲腰和腿痛得厉害，他接父亲去看病赶上父亲又拉肚子，不太吃喝东西。娘在电话里说：你爹说，让大小回来吧。过去有病有灾，从不说这话的。我一是嘱咐弟弟赶紧送父亲去医院，二是答应第二天就回家。一晚上我心里七上八下，坐卧不安，夜里打了无数的电话，问父亲的病情，知道父亲打上了吊瓶，睡着了，心里才好受了一点。第二天一早，我就和夫人赶到了长途车站。可一问，下午才有去山东老家的车。正好赶上一趟去河北的车，司机说能到山东德州。我们想，能到德州，最起码离家近了许多，我们就毫不犹豫地上了车。可那车一出北京，根本没有走高速，为了省钱，还为了多拉散客，车走国道，绕了很多路。中午时间，车没出河北地界，司机就让我们下了车，他在路边拦了好久，才拦下了一辆开往山东济南的车让我们上去。到了济南，朋友给找的车还没到，我们又着急了很长时间。坐上小车，路上一直催人家司机师傅，能不能再快点。终于赶到了县医院，进了父亲的病房，我的腿有些哆嗦。当我抓着父亲的手，轻轻地说，"爹，我回来看您了"时，眼泪早已夺眶而出。父亲突然睁开了眼睛，才开始眼神还有点茫然，当看到身边的我和夫人时，竟像个委屈的孩子啊啊地大哭起来，我搂着父亲，父亲搂着我，我们俩紧紧地搂着。后来父亲说：我那次真怕见不到你们了，但是能承的住劲儿，也不让他们给你打电话。

做了一系列检查，医院的结果，是父亲的第六腰椎压迫神经，要么做手术，要么保守治疗。输了几天液，父亲的病情好了一些。我们决定，带父亲到北京来治。在部队的三〇四医院，一个专家看了父亲拍的片子，说腰椎变形很厉害，可以做手术，但考虑病人岁数大了，做手术有一定的风险性。如保守治疗，病情可能会反复。征求父亲的意见，他要求做手术。我和母亲、夫人、弟弟商量，意见一致，保守治疗。除吃药外，我天天向热水里放上盐和花椒，给父亲泡脚，然后再给他涂药。才开始他都是站着吃饭，坐不下去。慢慢能坐一会，坐的时间越来越长，父亲的病情越来越轻。夫人想着法地改善生活，给老人补充营养。

我给父亲洗澡，记忆里身材不高、身体强壮的父亲，就连我当兵六年后回家，冬天晚上抱着父亲的双腿睡觉时，还感觉到他的肌肉很结实。时间无情，岁月无情，身边的父亲，脱去衣服，除了脖子和胸脯上的老年斑外，肌肉松弛不说，几乎变成了皮包骨头。我怀着一颗虔诚的心情，从头到脚，从手指缝到脚趾缝，都给父亲细细地擦过。父亲笑着说：从来没洗过这么干净的澡。我心里偷想，父亲和母亲离死亡越来越近了，有那么一天，父亲和母亲会突然走掉。想到这里，我的鼻子酸酸的，眼泪和着澡水一起流下。

送父母上了长途车，我惆怅地回到家里。坐着不是，站着也不是，望着父母睡过的床铺，坐过的椅子，我摸一下，上面好像还有他们的体温。烟灰缸里，父亲抽过的几个烟头，似乎还没有灭，屋子里到处弥漫着他们的气息。我想，这也许是他们最后一次来儿子的家了。他们在这儿的日子里，吃过晚饭，我有时坐在客厅里和他们聊会儿天，父母总是劝我：早点睡觉去吧，明天还上班。对母亲的唠叨，她说的那些陈谷子旧芝麻的往事，我有时装着听不见，不接她的话茬。由于父亲的听力下降，和他说话，声音要提高许多。母亲说：在老家也这样，你说东，他说西。弄得你哭笑不得。

母亲虽然比父亲小几岁，也是八十岁的人了。她的腰弯得厉害，几乎成了一张弓。娘生大姐时落下了坐骨神经痛，记忆里由于父亲不识字，大舅、二舅都曾经带她去济南、泰安看过病。

母亲像朝阳沟里那么唱的，走一步，退两步，不如不走。她总是站不稳的样子。一天晚上，她从厕所出来，一下子摔在了地上，头磕在了木沙发的扶手上。那一刻，把全家都吓坏了。我跑上去，抱起母亲，问：娘，你怎么了，是头晕吗，我看头磕破了没有。娘笑笑说：没事。那是十多年前了，在家发生过这样的事情，晚上母亲起夜时，摔在了地上，头磕了一个大血窟窿，流了好多血。正好赶上弟弟在家，村里的卫生员没办法，打电话叫来了120，拉到七十五里外的县医院去缝的针。

他们在这时，我为什么不对他们再细心点，再周到点呢。

也有值得宽慰的事情，每次吃饭，吃排骨时，我会捡最好的，吃鱼时，我会把鱼的刺挑完了，放在他们的碗里。看到他们很享受的表情，我心里感到很受用。

我一边回味，一边流泪，一边喝酒，一杯又一杯，几乎喝光了家里所有能找到的酒。当夫人和孩子回到家时，我还在喝。

我本答应赶个休息日，坐车送他们回家的，当时父亲和娘都很高兴。后来可能是看我去送他们的态度不坚决，就又改口笑着说：大小，不用送，多花钱不说，你回来还上班，太劳累。我们来时不也没事吗，打好电话，让你弟弟他们接就行。我犹豫了，由于父亲尿频，我去超市给他买了尿不湿。路上他们不敢上厕所的，由于不识字，怕回来找不到自己坐的是哪趟车了。

我没有去送他们，心里空落落的。是什么原因，难道是为了自己休息好，我觉得不是。是为了省些路费，感觉是有那么一点原因，又不全是。路上他们要坐八九个小时的车，走前就不敢喝水，到车上更不敢喝了。司机和车上的人吃饭时，他们也不敢下车的，我买的面包、香肠什么的，他们可能也不肯吃，会想着留给家里的一个小孙子。

他们是我的爹娘，是给了我生命的人，由于多年的军人身份，很少在他们身边尽孝，所以我觉得亏欠他们的太多太多。

两个年迈的老人，将回到他们生活了一辈子的小山村自己生活，自己做饭、洗碗洗锅，浇水种菜。白天还好，到街上转转，和村里的老人们聊聊天。到了晚上，偌大的一个院子里，只有孤苦伶仃的两个老人独守着，晚上

起夜，都有些瘆得慌。

娘笑着说，一年四季，村口的路边就没断过人，只是农忙时人少些。大部分是上了年纪的人，他们说这儿是等死队，头一天还到这儿来报道，第二天就被送去火化了。那样的日子里，老人们就一起感叹：你看看，人死多容易，头一天还好好的，说走就走了。如村里岁数排在前面的人两天没来，人们就会议论，是不是谁谁快不行了，按年龄轮到他上路了。

我虽然快五十岁的人，但想想爹娘都还健在，我又感觉很欣慰。时间留给我报答他们的时日不多了，我要抓紧尽孝，不要给自己留下遗憾和后悔。

爹、娘，你们要好好活着，使劲儿活。给儿子机会，让儿子把过去对你们没尽到的孝心补上。

有来生，我还给你们做儿子。

# 小时候

我的童年少年时代，是在乡下的山村里度过的。那时家里穷，穿的衣服都是母亲用手工做的粗布衣服。家里没有电，点的是煤油灯。晚上去上晚自习，也是端一个煤油灯，第二天早晨一掏鼻子，鼻子里都是黑的。那时家里也没有钟表，有时早晨听到鸡打鸣就赶紧起床，有时天上有月亮，也不觉得天黑。走到村东头破庙里的学校，在课桌上趴着等天亮。有时等一两小时，天也不亮。有时就趴在那儿睡着了。晚上下了夜自习，有时天黑，走到村西头，没有同学做伴了，为了给自己壮胆，嘴里一边嗷嗷胡乱喊着什么，一边向家中跑。总觉得好像后边有个人跟着似的。

　　早晨、中午、下午放学后都要挎上篮子，拿上镰刀去地里割草，草有好多种。春天草刚露芽，所以二三斤交到队里就能换一分工。到了夏天和秋天，一二十斤草才能换一工分。那时一个整劳力劳动一天挣10工分，妇女和半大小子只挣七工分。每个工值一、二毛钱。有时夏天中午放学后，跟父亲上山去割草，要割到队里快上工，学校快打铃时才回家。父亲担两捆在头里走，我背一小捆在后边跟着。衣服全像水洗的，胳膊、背上都起满了痱子。回到家把草晒干，每百斤干草可卖四五块钱，那是全家冬天的盐钱和油钱。

　　那时吃的是窝窝头和贴饼子，是玉米面和地瓜面做的。平常里很少有青菜吃，更别说吃肉了。有时连咸菜也没得吃，喝粥时就在粥里放点盐。

　　有时去地埂或山坡上去挖远志（一种中药材），回家后把皮剥下来晒干，一两能卖一块多钱。挖几次能晒一两。有时去山坡上掀石头逮蝎子，转半天也逮不了几个。晚上拿罩灯或手电筒去逮土鳖子，用热水烫死，晒干。赶个星期天，几个小伙伴结伙去七八里外的收购站去卖。觉得卖的钱多（超过两块钱以上），就到乡里小书店去挑画本，磨蹭一两个小时，狠狠心花一两毛钱买下自己钟爱的画本，心满意足地回家。

　　小时，就盼着过年，过年能有新衣服穿，有饺子吃，有肉吃。

　　我们家穷，一下雨住的房子到处漏，屋里把盆盆罐罐全用上了，叮叮咚咚像奏音乐，外边的雨不下了，屋里还在下。有时下连阴雨，屋里连一张床大的干地方都没有了，这时全家望着下个不停的天空，惆怅地向天祷告：勺子头，挖挖天，今儿晴，明儿干。

　　八九岁时，暑假、秋假都要去生产队里参加劳动。拾麦穗、拣地瓜、摘棉花等。天天在毒毒的日头下晒着，衣服都沾在身上。半晌休息时，慌着到远离人群的地堰根下去解手（大小便）。有时找个高地堰根下，在阴凉里凉快一会。有时坐在地上，有时干脆就躺下来，望着蓝天上的云朵发呆。心里想象着山外的世界是个什么样子。回到家手不洗就找干粮吃，如没剩干粮，洗块生地瓜吃。

　　也有快乐的时候。和几个小伙伴去西上园割草。在地里捡了一毛钱，我们高兴地去临村老汉的瓜地里买瓜吃，脆瓜要比甜瓜便宜些。我们商量来商量去，还是决定买脆瓜。因为人多，怕买甜瓜分不过来。我们嘀咕了几句，有两人围着老爷爷去摘瓜、称瓜，另仨人挎着自己的草篮子，互相掩护，时不时有人弯腰摘一个瓜，放进篮子里用草一盖，若无其事地向老爷爷看一眼。等买瓜的两位买完瓜，我们一起赶紧撤了，到了离瓜地很远很远的芦苇丛里，我们才气喘吁吁地停下来，把瓜拿出来一数，连买带偷的竟有七个瓜。我自己编了个顺口溜儿：走到西上院，拾了一毛钱，买了七个瓜，鬼头蛤蟆眼。现在细想想，这4句顺口溜儿应该算是我创作历史上的第一篇作品。

那时村北的大坝里有水，夏天的午后，我们经常瞒着老师和家长去大坝里游泳。回学校的路上，要尽量把头发弄干。进了学校，坐在教室里，心里有鬼，也是提心吊胆的。老师的眼睛很毒，起立后用眼光向全班扫一遍，严肃地点几个男孩子的名，被点的人怯怯地走到讲台下，老师让每人都抬起胳膊，眼光定定地看着你。心虚的咬着嘴唇，早低下了头。老师在每人的胳膊上轻轻一划，胳膊上就出现了一条白道。没什么好说的，出教室门口去站一节课。现在想来，老师是为你好。万一淹死了怎么办？

学校里也搞勤工俭学，割草喂羊。用不完的晒干卖钱。大家比着看谁割的草斤量多。这次少了，下次下决心一定要多割些。有时上山撸槐树叶，回到学校晒干，再去磨面的机器上磨成面。说是卖到美国去。说人家造原子弹用。那时想，人家美国科学技术就是发达，用槐树叶竟能造出原子弹来。有时还上山逮毛毛虫，每人拿一个带盖的大号玻璃瓶子，用筷子做一个夹子。东山、南山上的柏树林归国营林场管，树林年年发虫灾，我们每年上山逮虫子。南山的树林少些，东山的树林多。东山的北头有个南天观，是过去道士修行的地方，北边有个大戏台，戏台下有一个小石屋，不论春夏秋冬，都有一股清凉的泉水从山石缝里流出。石屋北边有一水池，我曾在那里边洗过澡。那水池是20世纪70年代我父亲他们村里的石匠队垒的。我记得父亲他们早上上山，晚上才回来，中午要在山上吃一餐饭，吃白馒头，还有肉菜。那时我就想，等长大了，我也凭力气去挣白馒头和肉菜吃。南天观院里，有很多石屋子，南边是日月泉，小屋四周全是石刻的碑文。从日月泉打上来的水，清洁润喉。院子东边是一片土坟，坟间有零星的柏树，一个人走在里边，觉得阴森森的。传说都是死去的道士。我记事起，村里还有一个道士，叫谷山，住在大队的院里，享受五保户待遇。我们上学的学校，老师们的办公室，也是道士们住的地方。听说过去道院有好几百亩良田。有时逮虫子，走到油篓寨下边去。油篓寨因一座山峰外形像油葫芦而得名。此峰怪石林立，地形险要，又名天柱峰。记忆中我曾上去过两次，上去的路是一条石缝，直上直下。稍不小心，掉下来就可能摔个粉身碎骨。一个上午或一个下午有时一个人能逮二三百条虫子，大的每条一分钱，中的两条一分钱，小的三条一分钱。

不论哪个项目，只要排在前几名，都会有奖励。或是几只铅笔，或是一个带奖字的作文本。那时用的作业本上，带个红红的奖字，是件很荣耀的事情。

小山村坐落在东高西低的斜坡上，远远看去，是一团绿色。每家的屋前屋后都栽着杨槐、家槐、梧桐等树。一条乡间公路从村子的中间穿过，记得小时候，看到一队拉练的军队从公路上走过，心里羡慕得不行。心里偷想，我什么时候能走进这样的队伍里，走出大山，去看看山外的世界是个什么样子。我们特爱站在公路边，闻汽车过后散发在空气中的汽油味。

记事时，村东有个东石门，在东大崖子顶上，后来慢慢塌掉了。村西南边有个小石门，崖子下是个水井，东半村的人都爱到那儿打水。村南也有个小石门，至今还在，用山石垒成的。两个人同过，几乎错不开身子。村西北边也有个小石门，也是在崖子顶上，夏天的傍晚，许多人到这儿乘凉。有的老人坐在那儿聊天，到半夜眼皮打架才回家。我的旧家就坐落在村子的最西头，奶奶住堂屋，我和父母及两个姐姐、还有弟弟住在两间低矮的小东屋里。西堂屋、西屋说是三爷爷、四爷爷的，房顶都塌了，院里有一棵槐树，是母亲生我大姐时栽的。我经常爬上去摘槐叶，洗净了做菜粥喝。到了秋天过后，用槐树上掉下的种子，砸碎了捏在高粱杆上，中间插一根大头针，等晾干了，就是一支箭。院里还有两根枣树，农历七月份，枣刚有点发白，我们就开始摘着吃，一直能吃到八月十五中秋节。

爷爷死时，我还没来到这个世界上。记事起，每年的清明节总要跟父亲去西十三亩地给爷爷上坟，先给坟培培土，再把饺子放在坟前，倒几杯酒

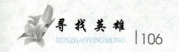

洒在坟前。随父亲跪下磕头。后来批林批孔坟被平了，再去上坟，只能估摸着在大概的地方。每次去给爷爷上坟，走到一块相邻的地里，父亲总是停下来，说这是你的表爷爷，你小时特喜欢你，每次包了饺子，都给你留着。咱也给他上上坟，做人不能忘本。

大伯没到三十就死了，一辈子也没成个家。父亲排行老二，所以一家的重担就都落在了父亲的肩上。父亲虽然没上过一天学，但三叔、四叔大了，父亲都让他们上了学。后来又给他们都娶了媳妇。后来三叔下了东北，四叔当兵转业也去了东北。父亲曾参加过八路军，扛过枪，打过仗。济南都解放了，又回了家。解放后曾在生产队里干过十几年生产队长，庄稼地里绝对是一把好手。他不像人家当生产队长，指挥别人干。而是身先士卒，领着头干。队里的房屋少，借我们家后沟里的房子喂牛，母亲说给队里要点补足，咱们家人口多，生活紧张。父亲说给咱补足，借人家的房子用的怎么办？母亲说，也给点补足，别人也说不出什么来。父亲就是不同意。

想起那几次家中丢东西，家人痛苦的表情，还历历在目。

那是一个深冬的早晨，起来做饭的母亲大惊失色地回屋说：不好了，昨晚咱家来小偷了，厨房里的风箱没有了。外门大开着，全家人像丢了魂似的一会儿去外门口去看看，一会儿去厨房看看。

还有一次，快到秋天了，村西自留地的玉米还没太熟。家里几乎没吃的了，母亲说让先去收点棒子回来吃。爹说：再老个一两天，棒子还不太熟。待第二天，二姐从地里哭着回来说：咱家地里大个儿的棒子全没有了。全家人哭成一团，粮食没了，今后的日子还怎么过？母亲抱怨父亲，父亲只有唉声叹气。为这事母亲抱怨了父亲好多年。

上个世纪七十年代末吧，村里来了钻探队。在村北立起了高高的井架。钻探队的人头戴安全帽，说话和我们不太一样。我那时想，假若我们这里地底下有矿藏，大了我就有机会当工人，挣工资。有资本找个漂亮媳妇。放学后，星期天我们经常去打井的地方看工人劳作，后来终于打上了像小碗口粗的石头，工人们把石头编上号一节一节放进木盒子里，拉进村子放进租来的仓库里。有时趁工人不注意，我们就好奇的地摸一摸，瞪大眼去看一看和山上的石头有什么不一样。钻探队几天就杀一头猪吃，去集上买菜一买就是一大车。工人们总爱和村里的几个长得好看的姑娘聊天，村人都用敌视的眼光看着他们。他们在村北、村东打了几眼井，也不知找到东西没有？就撤走了。那些石头还放在村子里，每年按时给房主寄来房钱。

村里混东北的多，年前经常有人回来找媳妇。不管男人长得老点丑点，走在路上，总觉得高别人一头。很少有空手而归的。乡亲们势利，过苦日子穷怕了，总想给女儿找个好饭碗。待日后女儿在外落下根了，也能像人家父母那样，冬闲了去东北走一圈，看看外边的世界是个什么样子。村里的小伙子，到了二十五岁成不上媳妇来，那就危险了。咬咬牙，找个沾亲带故的关系，下关东。走时自己愁，父母也愁，待个一两年回来，脚蹬皮鞋，胳膊戴手表。扬眉吐气，媳妇有的是，随你挑随你捡。有的就地取材，能从外边带回一个如花似玉的大姑娘来。有的去了下煤窑，有的还是像在家一样，种庄稼。后来我去过大部分村人投奔的鹤岗，那里是煤区，说是大城市，还不如老家县城大。大部分人住的还不如老家人住的房子好。我曾去看了邻村的一个小学同学，他住在山顶上的采空区，在煤矿上干采煤工。他说我刚来时，才开始下井觉得提心吊胆，心想不知哪一天，赶上塌方或冒顶，或许站着进去，躺着出来了。所以拿到第一个月的工资，我先是把没吃过的东西，只要能买到的，都尝了个遍。像猪蹄、猪耳朵、猪心、猪肝，牛肉、狗肉、马肉、驴肉，还有炸丸子、水煎包等。还喝了啤酒。心想这回砸死了也不亏了。后来就攒钱娶了个媳妇，媳妇的肚皮挣气，又给生了个儿子。我们刘家这回绝不了种啦。我现在真不想干了，上个月我们一个班上的小河北生生地给砸扁了，活生生的一个大小伙子，说没就没了。我越来越胆小，真想回老家安安稳稳地种地去。

关于鱼的记忆。有一次跟娘去舅家走亲戚，那时大舅在村里当干部，中午吃饭时有鱼，我没出息，鱼刺卡在了嗓子里，娘领我去找医生用镊子取出来。还有一次，父亲从地里割草回来，神秘地从篮子里的草下掏出来3条鱼，娘忙去关了外门。问爹：你怎弄来的鱼？爹说偷的，娘不信。最后爹得意地说：邻村的人偷炸的鱼，看到看鱼的来，藏匿在了豆角秧下，他慌忙离开了。我趁人没注意，就先动手拿回来了。娘忙着弄鱼鳞，我高兴地蹦来蹦去。没一会儿，有人敲门，娘和爹手忙脚乱地放起鱼，若无其事地去开门。进来的人真是看鱼的小青年，小青年说：二爷爷把鱼拿出来吧。爹说：什么鱼？爹的脸一红。小青年说：我都看到了。说着他去猪圈里看，从地上捡起两片鱼鳞，笑着看着父亲。父亲没办法，不情愿地把鱼拿出来给人家了。全家人空喜欢一阵子，落了个两手腥味。再有一次大概是个秋天，大坝的水快干了，大队里养的鱼在浅水里上下翻腾，很惹人馋。大人去收鱼，我们也去了，听说只要好好干，最后每人都分给鱼。才开始把裤子挽起来，在浅点的地方逮鱼，逮了就交给身边的给队里收鱼的大人。后来越陷越深，裤子、上衣都弄上了泥巴，索性连衣服也不管不顾了，哪里有鱼就跑哪儿去，后来发现有的大孩子逮了大鱼往泥里踹，我们也学着大男孩的样子做，逮到一条大个儿的鱼，趁人不注意，使劲往泥里踩，在上边用水草或别的作个记号。到了天快黑时，弄得满身满脸都是泥，大点的孩子都分了两三条鱼，虽然也有些不太乐意，但总比我们强，我们这些十二三岁的孩子，一条也不给。没办法，去找踩在泥里的鱼，一条也没找到。最后拖着疲惫的身子，挎着空空的篮子，悻悻地回家。

我的小名叫虎，大人们都喊我老虎。比我大的孩子和同学在我身边总爱唱一支歌。那就是东方红，太阳升，中国出了个毛泽东，他为人民谋幸福，呼儿咳哟，他是人民大救星。他们总是把呼儿咳哟这一句重复着唱。呼儿＝虎儿。他们这是借唱歌骂我。那时候我在心里怨父母没文化，给我起了这么个破名字。更可气的是，因为学校很少教歌，有时老师也经常领着学生们唱这首歌，许多同学一边唱歌一边瞧着我坏笑。后来大了，我理解了父母给我起这个名字的用意，我属虎，虎又是兽中之王。父母怕我在世上受欺负。此名喻义深刻。

我有一只笛子，是从集市上买回来的。还有一只口琴，是母亲从娘家带过来的，口琴的外皮都锈了，出声的小方格是木头做的。这两件能发出声的东西，是我儿时的好伙伴。直到现在我也吹不下来一只完整的曲子，我那时把调子很往悲里吹。

　　最记得生产队里割苇子的时光。每年的深秋，收完了谷子、豆子和地瓜，种下的小麦刚从地里探出头，早晚的天气已很有些凉意，趁一个好天，队里会宣布明天割苇子。男劳力们会把镰刀磨好，有靴子的穿靴子，没靴子的找一双皮底鞋。第二天，男女老少齐上阵，男人会吸烟的吸烟，不会吸烟的也吸烟，有的妇女也会红着脸来一根。因为是队里买的，整劳力还会额外多得到一包烟，有时是金菊，有时是泉城。早晨下水前，男劳力会每人喝两口白酒，他们在前边割，妇女们在后边捆，然后一个人传给另一个人，一直传到岸边。因为苇坑是连着的，听说别的队割苇子了，另两队会放下别的农活，也来割苇子。有时先下手的会在分界的地方多割一点，晚来的队的队长，会左看右看。气不过会找上门去，和对方的队长理论一番，才开始说话谁也不让谁，很有些火药味，有时双方的壮劳力会围拢上来给自己的队长壮威，每当这时候，总是沾光的一方，做出让步。让自己一方的人给对方拉过几个苇个子去了事。

　　有时割着割着，会发现一窝架在水面上的鸟蛋，有的送到岸上去，留着带回家。有的趁老婆不注意，会转给身边脸蛋好看点的姑娘或媳妇，当一回男子汉。有时发现一只水鸭子，大家齐声去追，有人会绊倒在水里，惹得大家一阵大笑。最兴奋的是吃饭的时候，每人一碗漂着油花的豆腐，有时还有一两块肉，白白的大馒头管够。男人们一边喝酒，一边逗乐。这时女人们吃着馒头，还想着家里的儿女，偷偷把半块馒头用手绢包了藏起来。

　　村北河边有两棵大柿子树，夏天割草，我们总是先去那儿。夏天人乏，坐下就想睡觉，有时就坐在树下睡着了。有时爬到树上去，大家比赛看谁攀得高。有时不小心，会从树上摔下来，总是有惊无险。河边的草长得快，我们天天就在河边转，也总是能应付过去。那时候心想日子过得真慢，盼自己早日长大，去给家里挣10工分。饿了什么都能入口，地埂上的野韭菜，野酸枣，有时到人家菜地里，装作是路过，看四周没人，偷一个茄子或两棵葱，躲到苇坑里或庄稼地里去吃。拾点干柴，夏天烧麦穗吃，秋天烧豆子、烧玉米棒子吃更是家常便饭。烧时几个人是有明确分工的，有人动手点火，有人放风，若被看庄稼的发现了，拔腿就跑，看庄稼的真发现了，也是虚张声势把人吓唬跑算完，要不是饿，谁会去干那事。大部分时候是被发现不了的，只要火灭了，上空的烟飘走了，就可以踏踏实实坐下来吃了，吃时谁也不会让谁，等吃完了，大家你看看我，我看看你，都是一个形象，满嘴黑。用手背抹一把，黑的地方更扩大了，大家就相互指着对方大笑起来。有爱恶作剧的孩子，在和自己家有过结的人家的菜地里，选一个不大不小的金瓜，用镰刀划一个三角口，把那一块拿下来，蹲那儿向里边拉一些屎，再把那块瓜盖上，作个鬼脸逃跑了。一两天的时间那口子就完全长好了，那瓜会长得特别快。突然有一天，被主人兴高采烈地摘回家去，洗了放在案板上一切，怎么有股臭味，一看满桌稀汤，心里顿时明白了。脸气得变了色，不知去找谁算账。这样的事，又不便去骂街，只能气得自己肚子痛。

十二三岁时，我养的两只兔子，母亲趁我不在家时送了人。我放学回来后，发现兔子没了，大哭大闹。娘说兔子掏洞太厉害，掏到墙下去，下雨了房子塌了怎么办？我天天喂树叶、喂草，好不容易养这么大了，我还指望养小兔卖钱呢。娘越劝我越觉得委屈，躺在地下抱着一块石头打滚，一边哭着一边喊：兔子没有了，我也不活了。我用石头压死自己。

小时最爱干的事，就是跟大人走亲戚。母亲领我去侯庄表姨家去，走到表姨就摘点金瓜花，拌上两个鸡蛋，再加上些面，用油煎了给我吃。最爱跟爹去洪范给姑奶奶过生日，洪范是集市所在地，有时正好赶上集，还能到集上遛一圈，看看那么多陌生的面孔。姑奶奶的生日一年比一年办得隆重，她的儿女多，每年都是办酒席，酒席上有一道菜，叫甜饭。就是蒸过的大米饭，放些糖在上面。有时还有大件，就是鸡和鱼什么的。像走这样的亲戚，在学校里请假也要去的。姑奶奶死时我也去了，我没有上林（埋人的地方），自己跑集上去玩了，回去吃饭也有些心虚，生怕人家主家发现了不高兴。

那时不兴打麻将，扑克倒是有人打。所以要是听赶集的或走亲戚的回来说，今天晚上哪个村有电影，年轻人心就动了，几个人一商量，吃过晚饭相伴着就上路了。有时我们也敢跟着去，向南去过刘庄，向西去过旧县，向东就是北崖，向北去过刘庙、纸坊。去时由于兴奋，不觉累，回来时，有时都把脚磨破了。但一点不敢掉队，人家在头里跑，你咬着牙也得跟上。不然长长的夜路一个人怎么走。有时去时三五个人，回来时可能会有十几个人。那时农村人还没见过电视是什么模样。

过年前假如跟大人去赶集，就盼着遇上大舅和二舅，他们会给买两挂鞭炮。有时还会给买两个包子吃，包子里的馅是猪肉和粉条。那时觉得这包子就是天下最好的食物了，咬一口满嘴流油。那时包子一毛钱一个，一年难得吃上几回。小时想，等大了挣了钱，天天吃包子，喝鸡蛋汤。神仙的日子，也不过如此。

## 四

奶奶的床头，有一个陶罐，里边有时放着白糖，有时放着红糖。那时我是个小馋猫，奶奶有时看我可怜巴巴地围着她转，就会端过糖罐，用手抓一些结块的糖蛋放在我手里，我会高兴地跑开，找个角落去解馋。有时趁奶奶不注意，我会去偷抓糖吃，等吃完了，想想总觉得有些不妥，再不紧不慢若无其事地走近陶罐，趁没人注意，端起糖罐摇一摇，轻手轻脚放下，大摇大摆跑去玩了。有时放学早，回到家没人，我就会把门下的闸板拿下来，从下面钻进去。只能待在院子里，进不了屋。没法进屋找干粮吃，急得在院子里转圈。听到鸡叫，精神为之一振，忙从鸡窝里偷一个鸡蛋，放进炒菜的锅里，倒上水，点着火。正煮着，听到开外门声，忙熄了火，把煮得半生不熟的鸡蛋藏起来。装着什么事也没有。等家人进了家，打个照面，上街玩了。到了街上，四下看着，没有人，掏出鸡蛋，剥了皮，管它熟不熟，狼吞虎咽吃了。小时有时打嗝，接连不断，特难受。大人忽然会来一句：你又偷吃鸡蛋了吧？自己赶紧辩解：我没吃，绝对没吃。你污赖好人。不可能没吃，你没吃鸡蛋怎么少了两个？你别装了，你没偷吃，脸红什么？自己真没吃鸡蛋，大人一口咬定你吃了。觉得特别委屈，不知不觉会抹起眼泪来，而且越

哭越委屈。大人也不劝你，等你哭得没劲了。大人突然会变了腔调，你说没吃就没吃，也许今天鸡就没下蛋，我们冤枉你了。大人相视一笑，你会突然发现，自己正打着的嗝，不知什么时候停了。

大姐也是在我们村上的学，那时叫高小。从刘河往南都到此上学，是个重点学校。连丁泉的姥姥娘家的表舅都是在这儿上的学，我和他儿子是高中时的同学，这是后话。姐姐是腰鼓队的，后来毕业后到生产队里劳动挣工分，后去山西面的斑鸠店学缝纫，每星期回来拿一次干粮，和村里的几个姑娘一起去一起回，单程二十五里路，还要翻一座山。看到大姐每星期拿回的硬纸本上一个个红色的对勾，就知道姐姐学得不错。姑娘大了嫁人，会缝纫一是可以当作学会了一门手艺，二是可以很自然地向对方提出买下一台缝纫机。那时刚时兴那机器，就是过了门，娘家人的衣服也可以拿过去做。条件好的会买一台作陪嫁，送给女儿，那得是有相当好家境的。二十世纪七十年代初，三叔从东北回来看奶奶，爹和娘不知商量了多少次，狠狠心决定让姐姐跟三叔去东北找个好饭碗。一点点把女儿养到这么大，还没见尽一天孝心，一下子女儿去了千里之外，想的时候想见一面也见不到。父母心里得有多难受啊。

二姐没上几年学，就回家挣工分了。二姐特能干，除一年四季春夏秋冬参加生产队里的劳动外，放工后去割草，拾柴禾。记的春天家里没柴烧了，到地里也捡不来柴，没办法只能捡回干牛粪晒干了拉着风箱当柴烧。有一年过年前，二姐和几个伙伴去赶集，去时父母给她装了些粮食背上，让她卖了好过年用。回到家她心虚地小声对娘说：人家都买了花布做个上衣，我也买了一块布。你把卖粮食的钱买了布，全家还指望用什么过年？二姐得到抱怨，想想自己天天一身汗一身泥劳动一年，过年了连件新衣服都不给买，委屈得哭了。她一边哭一边说：你们别抱怨我了，我去问问看别人要不要，卖给别人。二姐很少赶集，而她每次赶集回来，总会从兜里掏出用手绢包着的两个包子，一个给我，一个给弟弟。有时我会把咬了一半的包子递给姐姐，说姐姐你吃一口，姐姐会说我在集上吃了，你吃吧好兄弟。

我记事起，母亲就身体不太好。她有坐骨神经痛的毛病，白天咬着牙做家务，晚上有时痛得睡不着，很多时候我是在她痛苦的呻吟声中进入梦乡的。每每这个时候，父亲总是唉声叹气，有时娘真坚持不下去了，第二天爹出去借点钱，把娘放在借来的地排车上，拉着去刘河找舅舅，有时大舅去，有时二舅去。他们经常出门，会说话。他们带娘去济南、泰安看病，回来时带些煎着吃的中药。吃一疗程的中药，娘的病情或许会见轻些。后来大姐从东北给捎过几次虎骨酒，母亲喝了觉得会好些日子，好点了就坚持下地挣工分。

　　小时玩得比较好的伙伴，我们春夏天割草，秋冬天拾柴禾总会找在一起。玩游戏也经常是这些人在一块，晚上捉迷藏，白天下一种每人九块石头的石子棋。这种棋的玩法是：每人选一种区别于另一方的石头，在平整的地上划一个棋图，每人手里各有九枚棋子，棋图就是画三个方框套在一起，每个方框的每个边的中间用直线连起来。开始下棋，你下一个棋子我下一个，不让对方组成三个石子的一条线上，等摆完了所有的棋子，开始走棋，一人一步，谁先走成三个子一条线，就吃掉对方一个棋子。一直互相吃的有一方还只剩两个子，剩两个子的一方就主动举手投降了。

　　地堰上的草品种很多，叫的上名字的有：荠荠菜、咕咕苗、抓地秧、节节草、苦苦菜、喇叭花、甜根草、野苇子等，有时草间开满了或紫或红或白的小花，上面飞舞着几只黑黄两色的小蜜蜂。有时偶尔会从地堰的石缝里窜出一条小蛇来，我们先是惊叫，把同伴引过来，或用镰刀或用石块把蛇弄死，扔到地里的枯井里去。有时渴得不行，就到苇坑里割几根长苇子，在下端苇节上挖两个小孔，一根不够长，再接上一根，放进地里的水井里去打水喝，井里的水很凉，虽然水量小，但多打几个来回就有了，那水喝起来真叫过瘾。用苇子打水喝，最主要的是注意安全，有时不小心会把兜里的小玩具掉下去。那时总会吓得心惊肉跳的，万一人掉下去小命就没有了，在这荒坡野地里小伙伴谁也救不了你。

　　春天粮食不够吃，人们就摘榆钱、家槐叶、洋槐花和面拌在一起蒸菜团子吃。山里人好面子，来了客人打肿脸充胖子，先是借一碗面，烙几张饼，再是看看鸡蛋筐子，再出去一趟借几个鸡蛋。有的过了年待客，炒一盘粉皮充一盘菜，等客人走了把粉皮洗洗放起来，来了客人又当一个菜。你问为什么没人吃？主人做菜时就根本没想让人吃，他没有把粉皮弄开。还有一种最

常听到的说法：说有一家买了一两香油，每每孩子哭闹时，就给倒点水，放上点香油让孩子喝水。一年下来，一看香油瓶子，里边的香油足有一两半。

## 亲情无价

早晨六点半，吉祥照常对身边的妻子说：我得走了，不然该迟到了，最近北五里店那儿不知为什么老堵车。

也没起来给你做点饭吃，路上注意安全。

我路上买点吃的就行了，你再睡会吧。

洗脸刷牙后，他悄声地出了家门。坐上了公共汽车，他长长地叹了一口气。昨晚妻子暗示他想那个，他没有那份心思。可又一想，不能让妻子想三想四或看出什么来，所以他打起精神迎合了妻子。

在柳树屯的河边他下了车，顺着河边漫无目的地走着。路边有下棋的他停下来看，河边有钓鱼的他停下来瞧，累了坐下歇会，靠到下午三四点撑不住劲了，就买一个煎饼吃。等到晚上六点才向家赶。这些天也找了不少建筑工地，一问情况，听说是本市的，人家就说不缺人。实际上人家都不用本地人。这样的日子有半个多月了，可这也不是个办法，到月底该交工资了怎么办？

他又想起来了前几天和儿子的那场摩擦，儿子小强上初二了，可考试不是这门功课不及格，就是那门功课考不好，天天就知道玩游戏。上小学时早晨六点多就悄悄起床去上学，他们问：走那么早干什么？儿子说：去学校背课文。他们觉得有问题，等儿子走后，他在后边跟着。儿子背着书包东摇西晃地几乎睁不开眼皮。他想孩子这么小，真不容易。可到了半路，儿子却进了一家游戏厅。他在游戏厅门外走动了一个多小时，期间他走进游戏厅探头看了几次，里边的学生还真不少。他等儿子出了门，质问道：你出来这么早到这儿来背课文了？等晚上回家咱们再算账。等儿子走后，他气愤地去质问游戏厅的人，国家不是规定，不满十六岁不让进游戏厅吗？你们这不是害人，你们验证了吗？一个小伙子横着身子走过来，凶气十足地说：你怎么知道我们没验证，你还是回家教育好自己的孩子吧。管这么多干吗？是啊，自己管不好自己的孩子，说人家有什么用？

晚饭后他对儿子说：吉瑞，你坐这儿，爸爸有话给你说。

儿子不情愿地走过来，扭着身子说：什么事，您说吧。

你坐下。

我不坐，有什么事您就说吧。儿子有些不耐烦。

一句半句说不完，咱俩好好聊聊天，说说你的学习，你心里怎么想的，今后怎么办。

吉瑞绷着脸坐了下来。

儿子，你的学习该加把劲了，后年就中考了。考不上高中怎么办？你准备将来干什么？

到时候再说吧，我也不知道将来干什么？不行就去做生意，反正不去干你那臭活。

我这活怎么了，我是凭劳动吃饭。

开始人家问，你爸是干什么的？我说，市政的。人家都以为是市政府的，同学们都高看我一眼，后来大家知道了，您是市政维修的，一下子看我的眼光就变了，变得意味深长。

你现在只有好好学习，将来才能有好的前途，不干爸爸这样的粗活，你天天迷在游戏里，将来后悔就晚了。

玩游戏也有玩出名堂的。人家浙江的一个初中生，爸妈还都是大学的老师哪，尊重孩子自己的选择，那孩子从玩游戏开始，十六岁都成微软的高级专家了。

没听说过。就是真有，那样的人，全国能有几个？无论将来干什么，还是学好文化重要。只要你能上下去，再苦再累，上到什么程度都我供着你。你要考不上，我就没办法了。吉祥点上了一支烟。

吉瑞拿起爸爸的烟抽出一支，又去拿火。爸爸说：你这么小年纪吸什么烟？

爸，这就是您的不对了，现在这个社会讲究的是平等。再说，您吸烟，我和妈吸您的二手烟，从科学上来讲，对身体危害更大。儿子点上烟美美地吸了两口。

我为你头疼，你将来怎么办？吉祥叹了口气。

爸，我也想搞好学习，但上课老走神，我也知道您和妈妈不容易，妈妈现在下岗了，在家里待着也烦。要不我不上学了，出去打工挣钱行不行？吉瑞吐了一个烟圈飘上了屋顶。

你想什么哪？你才多大？你出去打工谁会要你？你会什么？你能干什么？你这不是异想天开吗？你把烟放下，你给我站起来，你给我站好。

吉瑞懒懒地站了起来，脚不老实地踢踏着地面。

我告诉你小子，你妈妈是下岗了，家里再困难，不会缺你上学的钱。你把心思用正了，你现在的任务就是念好书，别的不用你操心，也不用你管。你看看你叔家你弟弟吉鹏，人家年龄比你小吧，可人家知道学习，每次考试都是年级前三名。

我叔还是教师哪，吉鹏是遗传，智商高，没办法。再说回家我叔能给他辅导，你们谁能给我辅导？吉瑞小声嘀咕。

闭上你的嘴。吉瑞你行，你是我爸行不行？我教育不了你，你愿干什么干什么去？爱学不学？我不管你了行不行？

妻子过来训儿子：看你把你爸气的。你不顶嘴行不行？你爸说的哪句不是为你好？

滚蛋，你给我滚蛋。吉祥气得脸都白了。

吉瑞咬着牙出去了。

过了一会儿，他怕儿子受不了，再离家出走了，那可就麻烦了，到社会上流浪，更学不出好来，再说社会这么乱，生命也有危险。到时候后悔的不是儿子，而是自己了。他对妻子说：你赶紧去看看，他在干什么？劝劝他别想太多了。

过了一会儿，妻子回来说：在写作业呢，他说知道你是为他好，知道你的用心。

从那以后，吉瑞变了许多，回来再不先看电视了，总是一头扎进自己小房间里写作业。

想到这里，吉祥鼻子有些发酸，儿子啊，你不知道吧，爸爸心情有多不好，训你的那天爸爸就下岗了，你还笑话爸爸干的市政维修，现在人家有人把工程队承包了，爸爸连市政维修的工作也没有了。你妈下岗半年了也找不到工作，我这又下岗了，咱家的日子可怎么过？临近年关了，这年可怎么过？越想越难受，越想越难过，下午三点时吉祥走进了路边的一家小饭馆。他要了一瓶大二，一盘花生米，一盘豆腐丝，独自喝起了闷酒。妻子上班时，回来风风火火地做饭、拾掇家务，晚上还洗衣服，一家人过得有滋有味。自从她一下岗，脾气变得越来越古怪，头发也不梳，家也不收拾，除了看电视，就是唉声叹气，上着班老想着她可别憋出病来。所以下班回到家，再累再疲乏也得装出一副笑脸，为了逗她开心，他把在工地听到的所有段子，不管荤的素的都讲给她听。有时她会莫名其妙地说，人活着有什么意思，真是没意思极了。他怕她想不开，就劝她，各家都有本难念的经，有钱人有有钱人的苦恼，山珍海味都吃遍了，再吃什么也不香了；天天美女前呼后拥，生活中就没有真情了；钱太多，睡不着觉，愁钱怎么花，怕被绑架。你看飞机失事的，轮船失事的，生命没了，你有再多的钱又有什么用？和他们比，做咱这普通老百姓挺好。再说，儿子学习不好，将来上个职高、中专什么的找个工作干就行了，挣得够吃够花就行了，你看那些自杀的，大部分是有钱人或有知识的人。想到这儿，吉祥灌了一大口酒下肚，我下岗这事要是让她知道了，真不知她反应会有多强烈。

当晚上八点多他摸回家，一进家门就坐在了地上。妻子说：你这是去哪儿喝的，喝成这个样。妻子扶不起他来，就放下他去倒了一杯温水，等妻子回来，他索性躺在了地上。妻子扶他坐起来喝了那杯水，他又像面条似的瘫了下去。妻子喊：吉瑞，快过来帮我把你爸弄到床上去。

吉瑞忙跑了出来：爸，您没事吧？你喝这么多干吗？多伤身体。

来，瑞，咱俩把他架到床上去。

娘俩带拖带拉把他弄到了床边，都出了一头汗。

天呐，你这是和谁一起喝的？喝成这个熊样。

他说：我自己。

你自己？为什么事？

他摇摇头。

你说啊？

儿子也说：爸爸，出什么事了？

他终于憋不住了，哭着说：我下岗了。

妻子忙劝他：这有什么，现在中奖的不多，下岗的满大街都是。

前段训儿子的那天我就下岗了，这十多天我天天出去找工作，可找不到。没事我就在河边、大街上瞎转，我不敢告诉你，怕你受不了。今后咱家的日子可怎么过？

只要天没塌下来，没有过不去的坎。明天我再出去找工作，你干了这么多年了，在家歇歇再说。

爸，对不起，今后我再不玩游戏了，我好好学习，再不让你们为我操心了。

看，你儿子懂事了。

像传染似的，一家人都流下了眼泪。

几天后，妻子在一个新建小区找到了一份保洁工作，虽然只有八百元钱，但家庭总是有了些收入。

腊月二十六，二弟来了，他说：大哥，大嫂，知道大哥也下岗了，我们心里都不舒服，但也帮不上什么大忙，不管怎样，日子还得过，现在除了公务员有几个工作是正式的，真没有合适的工作，我也赞成哥哥的想法，自己组个维修队干，这不，也快过年了，这是我和你们弟妹的一点小意思，哥嫂就收下吧。

你们也不容易，过来看看就行了，钱我们不收。吉祥媳妇说。

大嫂，你嫌少是怎么，谁叫咱们是一家人啦。再说，不行就算我给哥哥事业的投资，挣了钱富裕了，加倍还我都行。

二弟走后，吉祥两口子一看，信封里装着两千元钱。两口子眼里都湿润了。

春节前两天，父母从郊区来了。爹说：知道你下岗了，你媳妇也没有工作，吉瑞上学又花钱，过年不宽裕。我和你妈给你们带来了两只鸡，两条鱼，还有一块肉。听说你要自己组队干维修，凑上这一千块钱，也不多，先用着。

娘说：别着急，慢慢来。这不大媳妇不是已经找到工作了吗？好好过个年，什么事年后再说。

爹笑了笑说：真自己干不成，我那儿还有二亩多菜地呢。咱不向外租了行不行？种菜也不丢人，只要凭自己的劳动吃饭，干啥都一样。

娘说，三十晚上你们三口都回去，一分钱的东西也不要带，我准备了一份东西，说是你们送去的。谁也不知道。

吉祥媳妇说：爹，娘，我们去怎能不带东西，再说，这钱我们也不能要，那天二弟送来了两千元钱。

吉祥说：爹，娘，儿子不争气，让你们操心了。真不能要你们二老的钱。

你弟是你弟的，我们是我们的。凭什么收他们的，不收我们的，嫌我们拿得少啊？

不是，爹，娘，你们这么大岁数了，还没见我们孝顺在哪儿呢，怎忍心花你们的钱。

大小，大小媳妇，话不能这样说，你们要过得好，不孝顺我们还不愿意呢。再说吉瑞喊我们爷爷、奶奶，怎么不喊别人爷爷、奶奶去。

吉祥见媳妇掉下了眼泪，自己的眼泪也不争气地掉了下来，父母也跟着抹起了眼泪。吉瑞听到这些，也写不下作业去了，眼角里有晶莹的东西悄悄滚下。

过年后，儿子主动地说，我去学校补习功课。

可过完十五开学前，吉瑞掏出三百块钱给妈妈说：爸、妈，这点钱添补家里当生活费吧。

吉祥夫妇一怔，吉祥大声质问：你这钱从哪儿来的？偷的抢的？

吉瑞母亲说：快说，这钱从哪儿弄来的？给人家还回去。

吉瑞委屈地流下了眼泪，他一边哭一边说：爸妈，你们错怪我了，自从爸爸那次喝醉酒回来，我就从心里跟自己说，我要和所有游戏告别了，我要好好学习，将来要有大出息，再不让你们为家庭的生计操劳了。年后我白天去学校复习功课，晚上去肯德基打工，这是我用自己的双手挣来的钱，干净

得很。

　　我们相信你，但谁让你去挣钱了？你把自己的学习搞上去比什么都强，比什么都好。虽然还是批评的态度，但吉祥的话语已柔软了许多。

　　母亲也说，家里的事不用你管，你专心致志去把学习搞好就行了。他肯德基敢用童工，看我不去劳动部门告他？

　　妈，不是人家的错。是我借高年级同学的身份证去应聘的。

　　你小子，心眼还真不少。就这一回，下不为例，快去学习吧。吉祥脸上现出了一丝笑容，母亲也宽慰地笑了。

　　儿子刚进屋，媳妇神秘地掏出一叠钱说：你买维修工具不是还差点钱吗，给你。

　　哪来的钱？借的？还是……吉祥惊诧地看着她。

　　别管，拿去用就是了。媳妇笑着说。

　　你说不清楚，不明不白的钱我不用。吉祥脸上又挂上了霜。

　　你让我说实话，说假话？

　　真话。

　　你得答应我一个条件？

　　你说吧。

　　我要说了你不能生气？

　　不生气。

　　真不生气？

　　真不生气。

　　我把自己的项链和耳环卖了……

　　别说了。吉祥站了起来。

　　你说好不生气的。

　　我的傻媳妇，那是我们结婚时的纪念，你去退回来。

　　不，我和人家签了协议的。将来你挣大钱了，再给我买更好的。我相信你，老公。

　　吉祥一下子把媳妇搂在了怀里，紧紧地抱着，久久，久久没有放开。

　　他们的生活掀开了新的一页。

# 战友袁力

前段我下了岗，待着没事换着频道看电视，突然看到中央台四频道播的访谈节目中，一个人的容貌有些面熟，可一下子想不起来在哪儿见过。我细心地向下看，他当兵回来放弃了到镇里工作的机会，主动要求回村里去。后来他担任了村支书，带领乡亲们修路，种果树，当时为了买树苗，把自己几百块钱的复员费都拿了出来。老母亲给他闹，说那是让他娶媳妇用的。后来定的那个对象真的和他吹了。好不容易又找了个媳妇，结婚没两年，看他不顾家，又离婚走了。村里慢慢富了，有了好几家自己的企业，家家都盖起了小楼。他接受过中央领导的接见，他说他这辈子值了，走了，也问心无愧了。

袁力，他是袁力，是我的战友袁力。我的心一下子悬了起来，他的病怎么样？我们光顾自己了，这么多年就没想法和他联系上，他这些年太不容易了。

那是1981年吧，我们当兵来到了川康地区的工兵团。刚到那儿时还觉得新鲜，没待多长时间，就觉得在那样的环境里当兵没意思透了。我们的任务就是打山洞，说白了就是和石头打交道。白天抱着风钻打眼，放炮，搬石头，一天下来累得两只胳膊像不是长在自己身上了，两条腿也像灌了铅。干活累点还好说，最难以忍受的是寂寞，看不上电视，营房外方圆几十里连个人影都没有。有老兵打趣道：这儿飞的所有蚊子都是公的。

连里每个星期都搞思想教育，发现我们思想不稳定的苗头后，指导员说：知道你们来自城里，在家没干过这么重的活。但家长送你们到部队干什么来了？锻炼来了，受教育来了。我们的工作虽然很累，但它光荣，因为我们是为国防事业做贡献。

半年后，团里召开先进个人表彰大会。主持人说，下面上台发言的是先进个人代表北京兵袁力，他是今年的新兵，工作中尽心尽责，任劳任怨，不

怕环境艰苦，努力为国防事业流血出汗。

他个子不高，皮肤很黑是留给我们的最初印象。后来他被调到了我们连，当我们班的副班长。私下里，我想和他套近乎，就问：袁班长，你是北京哪个区的？他说：我是郊区的。我没好意思问他具体是哪个地方的，忙说：袁班长，我们可都是北京来的，是老乡，你要多关照我们点。他说：有什么好关照的，干好工作就行了。虽然这样说，他干活实在，为人也实在，我们慢慢都接受了他。有一次我被砸伤了腰，星期天他去医院看我，给我买了两个水果罐头，他话不多，只是劝我，好好养伤，不要着急，今后干活小心点。这是我离开家后，得到的最深切的关怀。人一有病，更想念亲人。他走后，望着他的背影，我的眼睛湿润了。

四年中他立了两次三等功，他成了连里提干的苗子。后来我们处得不错，我们打心眼里佩服他。从他口中知道他家在农村，家里经济状况不好，想在部队混出点名堂来。

我们复员后，忙着找工作，找对象，成家。那时通讯工具不发达，才开始还相互写了几封信，慢慢就失去了联系。

一晃二十多年过去了。

我和几个城里的战友讲了袁力的故事，我们相约星期天去郊区看袁力。

正是秋天，我们坐刘华的车来到了袁力所在的村，这儿简直就是花果山，来旅游采摘的车川流不息。走下车后，感觉空气特别地清新，映入眼帘的一幢幢小别墅，村里的道路又宽又平，人们的穿着比城里一点也不差。这儿真是世外桃源。

我们停下车问路，人人脸上严肃地告诉我们：我们总经理病了，您要不是工作上有要紧的事，就别去打扰他了，让他好好养病。

找到他的家，他的爱人说：他在办公室，我刚去给他送汤药回来。刘华问：嫂子，袁大哥的病怎么样？她沉默了一会，叹了口气说：医院说是肝癌，已到了晚期。刚化疗回来两天，不让他去工作他还着急，没办法，只能依着他。

我们来到了他的办公室，他还是又黑又瘦，头发全白了，脸上刻满了岁月的沟壑，我们差一点认不出他来。他也认不出我们了，他问：几位是？

我说：老班长，我是英宁呀。他一怔：你是王英宁？是啊，我是英宁。我俩的手紧紧握在了一起，继而来了个拥抱。刘华、志能他们也感动得不行。我说：老班长，都怪我们，这么多年都没有和你联系，但我们想你啊。他笑笑说：我也想你们啊。

说起他在部队提干的事，他说：我这个人太傻，年年说我是苗子，年年批下来的名单上没有我。后来知道，名额不是让上级领导的亲属占了，就是给送礼的了。我家里穷，送不起礼。就是送得起，我也不会送，做人要光明正大。后来我被砸断了左腿，在医院住了半年多，部队上给评了二等残废，提干的事更彻底没戏了。当了8年兵，我复员回来的。回来后，我被安排去一个工厂看大门，我没有去。看到人家庄一个个都富裕了起来，我着急，我要求回村里干。回来后，我掏出自己的复员费修路，有人说我的好，有人说我当兵当成了神经病。第二年，大家选我当了村主任。我带领乡亲们修路，种果树，建工厂，建度假村，发展当地经济，我们村现在年总收入八百万元，两任国家领导人都来我们这儿视察过。

我关心地问：老班长，听说你的身体……

你看我的身体不挺好的嘛？放心吧，一时半会还死不了。昨天我做了一个梦，去报到，人家马克思不收我，说我世间的工作还没做完，待几年再说。

刘华说：老班长，听说你还坐过监狱？

是啊，不是看村里富了吗？有人心里不平衡，心想村里这么有钱，我自己肯定也贪了不少。到处告我的状，给我整材料，写信，打举报电话。终于送我去"休息"了几个月。查清我没事后，他们去里边替我的"班"了。

他虽然说得轻描淡写，这样的事得多伤他的心啊。

他说：你们看看，这几张照片就是过去我们村的原貌。那时的日子真苦啊，年年春天吃上级的救济。土地产量低，又没有副业，住的都是又土又破的旧房子，一到夏天，外边下大雨，屋里下小雨。时不时就有人家的房子塌了顶。出门要爬山，那路，哪叫路呀。村里有段顺口溜是这样说的：文家村，靠山坡，又缺吃，又缺喝，别的不多光棍多；文家村，穷又穷，连鸡饿得都打不响鸣，拉肚子吃不起"泻立停"。还有两句是：有女不嫁文家

人，有钱不借文家村。如你不听此忠告，一辈子你也解不了套，世上没有后悔药。

那时候我就想，一方水土养一方人，只要有决心，我就不相信改变不了家乡的面貌。

更是多亏了上级的政策好，给我们拨款、贷款，帮我们培训技术人员，帮我们找产品销路，放手让我们发展地方经济，又免了农业税。

我笑着说：老班长，我现在下岗了，来你这儿找点事干行吗？

可以啊，你要想享受我们的村民待遇，必须要户口迁我们这儿来。我们村民人人有医疗保险，大病统筹保险，养老保险。待会儿，我领你们去参观一下我们村的工厂和养老院。光在我们村工作的大学生就有二十多个，你们信不信？

刘华说：是吗？他们都在这儿干什么？

这儿有他们的用武之地，在工厂里当工程师、技术员，在学校里当老师，度假村里当高管。

志能感慨地说：要是能在这儿养老多好啊，环境好，空气也好，少了多少城里的浮躁，多了多少宽松快乐的心情，简直就是人间天堂。老班长，我们退休了一起来你这儿陪你，你不会不欢迎吧。

袁班长眼睛笑成了一条缝：趁我还活着，你们要来现在就多来几趟，等我走了，你们来了就没人接待了。

老班长，你别瞎说啊，我们都还指望退休后一起来陪你呢。

好，咱们一言为定。老班长说。

走，我领你们去参观参观我们的企业和敬老院吧。

老班长带我们离开了他的办公室，走在村中，他指着宽大的水泥路说：过去这路就一条小道，还是土路，一下雨，就是两脚泥。

路边有几个老人在健身器材上锻炼身体，悠闲自得的样子，他们的脸上写满了知足和安详。

袁力一瘸一拐地走着，村人碰到我们都停下来和他打招呼，很亲近的样子。我问：老班长，你的腿没事吧？

没大事，就是阴天下雨的有些疼痛。我这条瘸腿全村人都跟着沾光了。办执照什么的，我是法人代表，政策照顾残疾人，所以税收等方面都有很大优惠。

刘华说：乡亲们富了，村里发展得这么好，你也放心了，更应该歇歇了。

我说：是啊，老班长，你好好看看病，我们终于联系上了，我们这些老战友会经常来看看你的。

进了敬老院，他对一个年轻姑娘说：成玉院长，这是我的几个老战友，从城里来的，到你这儿来参观参观。

那被称着院长的姑娘并没有回答袁力的话，只是艰难地向我们笑了笑。

在参观到老人们的房间时，进每个屋里，老人们都是拉着袁力的手不肯放，他们有说不完的话。有位大叔拉着他的手说：袁经理，你的病看得怎么样了？你要注意自己的身体，我们现在的好生活都是你给带来的，你一定要把病看好了，咱们村离不了你啊！说着脸颊上有两行浊泪流了下来。

袁力也很动情，他拍着老人的手说：大叔，我的身体没事，您们放心。村里有那么多事需要我做，我不舍得就这样走了。

站在旁边的院长也在擦眼睛。

到了活动室，有的老人在打牌，有的在玩麻将，大家玩得都很开心。老人们停下手来和他说话，他说：你们继续玩，我们来看看你们。

在院子的小路上，袁力发现了一块像鸡蛋样的石头，他问院长，你查一下，保洁员怎么打扫的卫生，这要让上岁数的老人不小心踩到，摔坏了怎么办？你这当院长的，不要老在办公室坐着，多走走看看，发现问题及时解决。

院长弯腰捡起了那块石头，脸红了红，没说话。

走出敬老院，志能说：老班长，你也太严厉了，那么点小事，你当这么多人训人家院长，人家还是个年轻姑娘，面子上多过不去。

刘华说：是啊，我看她对你意见大了，刚才你说那么多，人家一句话没说。

袁力笑着说：她是生我的气呢。她们让我去住院，去静养，她们说，你不干了，地球就不转了？你病好了再回来操心，我们不反对。看我不听她们的话，给我闹气哪。

我问：她是？

我女儿。

我们又跟他去了一个工厂，在接待室我们品尝了他们开发研制的"春花"牌苹果醋，那醋酸甜可口，回味无穷。他说：我们这个牌子的产品不但在广州、香港很受欢迎，而且已经销往日本、韩国等好几个国家，特别适合现代女性饮用。我们准备年后再上两条生产线。

行啊老班长，开始挣外国人的钱了。志能说。

现在国家的政策这么好，只要肯干，干什么都能挣钱，我还有很多想法没有实现呢。

回城的路上，我们几个都沉默了。老班长的这几句话，久久回荡在我们心里。

我们祝愿老班长的身体能尽快好起来，乡亲们还指望他带领大家继续致富呢。

没多久，我收到老班长的一个短信，高兴得我差点跳了起来，短信上说：英宁，请你也转告几位战友，我的那病是误诊，你们放心吧，也为我高兴吧。

我相信，老班长又开始绘制他的宏伟蓝图了。

**第九辑**
## 将军的爱情
XUNZHAOYINGXIONG

# 报告词的故事

昨晚十点，文团长带着装载着军用物资的车队上了路。盛副参谋长坐在头一辆车上，他在最后一辆车上压阵。一路上，车队有序地前行，还算顺利。凌晨4点，天空突然下起了大雪，而且是越下越大。前面的能见度越来越小，盛副参谋长在对讲机里向他请示，报告团长同志，车队前行困难，司机已无法判断路上的中心位置，再走容易发生事故，是否停车等候？文团长看了看窗外伸手不见五指的夜空，叹了口气，威严地拿起对讲机命令道：盛副参谋长，请车队停车原地待命，天气和能见度好点再走。盛带参谋长答道：是。随后对讲机里传来他洪亮的声音：各车请注意，现在由于大雪，前面路况不好判断，为了保障安全，现打开双闪，停车原地待命。

2号车明白。

3号车明白。

30号车明白。

⋯⋯⋯⋯⋯

在这条青藏线上，六月里下雪都很正常。对老兵们来说，也都习以为常了。可对于头一次上线执行任务的新兵们来说，虽然听老兵们说过，但赶到八月里下雪，还真是感到有些新鲜。

怕官兵们睡着了着凉，容易感冒。文团长通过对讲机喊道：全体人员请注意，现在温度太低，千万不要睡着了，这样感冒后容易引起肺气肿，有生命危险。文团长想了想说：这样吧，我给大家讲个报告词的故事，不是吹牛，保证你肯定笑出声来：过去有个老兵，是个班长，在一个山沟里当仓库兵。这天，上面来电话，说军分区司令员要来他们这个点视察。作为班长，他感到很激动。准备了两天，他练习了无数遍首长来后的报告词，自认为完美无缺了。首长来的头一天晚上，他兴奋地一夜没睡着觉。要知道，从他当兵，连团长还没见过，这一下能见上司令员，他高兴得甚至有些打哆嗦。第二天，天不争气地下起了小雨，他们以为首长不会来了，心里不免有些泄气。但首长还是如约来了，他集合好自己的十二个兵，跑上去向领导报告，没想到地滑，刚喊出：报告司……就滑倒了，他红着脸忙爬了起来，重新报告：报告斯大林同志，不对，对不起，我的脑子有点短路，报告司令员同志，平阳仓库第二排第六班全体官兵集合完毕，请您指示。

司令员和一行人都笑了，司令员并没有批评他，还上来拍了拍他的肩膀，关切地问：没摔着你吧。这个班长怕自己的表现，影响了首长对部队的看法，眼泪不争气地流了下来。司令员上来给他擦了擦眼泪，小声说：军人可不能随随便便哭鼻子，请稍息。他缓过了劲，用力点了下头，转过身，向战士队前走去，司令员和随行人员又都笑了，战友们想笑不敢笑，又不能提醒他，一个个着急地皱紧了眉头。原来他走正步走成了顺拐，迈那只脚抬起了那只胳膊。司令员并没有批评他，走到队前说：战友们，你们长年坚守在这兔子都不拉屎的山沟里，默默地为国防事业做着贡献，我代表组织上感谢你们。

还是这个班长，几年后当上了排长，又遇上了一次上级领导来视察工作。这次他心不慌了，手也不哆嗦了。首长来后，他的动作干净利索，一招一式有板有眼。他集合好队伍，跑上首长面前：报告首长，中国人民解放军总后勤部直属青藏兵站第三分部管理处，第五分队第九党支部，共产党员赵玉库，向您报告，请您指示。

这位领导也是新上任的，被他感染，也不知道怎么回答了，他立正，回了个军礼，回答道：是。

对讲机里传来一阵阵战友们开心的笑声。

有战士说：这故事肯定是团长瞎编的。

另一个战士说：也是，生活中哪有这么可乐的事情，是团长怕我们睡着了受凉，自己"创作"的吧。

团长哈哈一笑说：你们不信，才开始我也不信，这个人说是他自己的故事后，我才信了。你们猜，"创作"这个故事的人是谁？告诉你们吧，他就是原西宁的军分区司令——我的老爹。

# 师生情

这天是10月3日晚上，孙信正带着老婆和女儿在上海外滩赏夜景，突然接到一个电话：喂，是孙信大哥吗？

是我，君洋兄弟吧？有什么事，你说。

大哥，我父亲快不行了，他提了好几次了，想最后见你一面。我们也知道你忙，不太好意思开这个口。可他老人家非……

张老师的病情稳定点没有？你告诉他，我明天，明天就到家了。

大哥，你部队上那么忙，能脱得开身吗？

能，正好我这几天休息。

收起手机，他长长地叹了口气。

爱人关切地问：谁的电话？什么急事？

他对爱人和女儿说：张老师的儿子君洋打来的电话，张老师快不行了，他要见我一面。对不起你们娘俩了，我现在就去火车站，我得回家看他。

那我们怎么办？

你们愿玩就再玩两天，不愿玩就回南京吧。

女儿插话说：爸爸说话不算话，你答应十一假期陪我出来玩的。

真的对不起，女儿，爸爸的老师要死了，爸爸得去见他最后一面。

你五一不是已经回去看他了吗？

他心里也觉得对不住娘俩，答应她们好几次了，带她们来上海玩。这次好不容易来了，只陪她们玩了一天就……

最后还是他爱人说：让你爸爸去吧，咱们明天就回家。

　　打车回到招待所，他拾掇了一下，就奔火车站了。

　　回到县城，他径直去了医院。走进病房前，他换上了军装。一进门，张老师的家人都惊呆了，没想到他回来得这么快。

　　张老师处于昏迷状态两天两夜了，他一直守在身边。同病房的人都以为他是张老师的亲生儿子。

　　妹妹打电话气哼哼地说：哥，听说你回来三天了，为什么不回家看看父母？他们也那么大岁数了，也都想你。

　　这天后半夜，张老师的眼睛突然睁开了一条缝，眼神寻找到孙信时，他的手动了一下。孙信忙伸手握住了他那骨瘦如柴的手，那一刻，孙信真的感觉到了，张老师用力回握了一下他的手。张老师的嘴角向上一牵，脸上露出了一丝笑意。他就这样安详地走了。

　　君洋把父亲的遗书拿给他看：

君洋，吾儿：

　　我走后，你们要把孙信当成自己的亲哥哥看待，他是爸爸这一辈子最得意的一个学生，有这样一个学生也是爸爸一生的骄傲。你和姐姐经济条件都不错，我留下的这5万块钱是我所有的积蓄，转交你孙信哥，让他出画册用。他现在已是部队上很有名气的青年画家，是你们事业和做人上学习的榜样。他多次嘱咐过我，让我给他的画册写序，嘴上我没有答应他，可我偷着写了许多遍，最后都不满意，全撕掉了。还是让他找个名家写吧，我觉得我不够资格。再说名家写了，对他的进步会有更大作用的。

　　　　　　　　　　　　　　　　　　　　　　　　　　　爸爸：张恒

　　　　　　　　　　　　　　　　　　　　　　　　　　　2006.9.1

　　孙信看完张老师的遗书已是泪流满面，他想起了师生之间的另一件事：他当兵走时就有一个梦想，因家里很穷，他想到部队上考学。到部队后，他一边复习功课一边拜师学画画，他的进步很快，两年后他的画作就在全国和部队相继获奖。当得知他考上解放军艺术学院的消息时，张老师来信说：孙信，首先祝贺你考上了梦寐以求的艺术院校。另外，如果上学是自费的，你也不要着急。你家里条件差些，还有老师我呢。我可以答应包你上学之间的所有学费。你不要多想，你能上军队的大学也是我这个老师的荣耀……

上军校不但不用交学费，还有生活费和津贴费。虽然当时没有花到张老师的一分钱，但他给予自己精神上的慰藉支持是多少金钱也买不到的。

# 我是女兵

晚饭后，我找到分在三排的菲菲，我们俩躲在一个角落里，说起训练的强度，两个人都觉得快坚持不住了。我抱怨说：都赖你，说要来当兵，受这个罪。菲菲说：我也不知道部队上有这么苦，我们军事训练过不了关的话，部队上会把我们送回去的。我想了想说：你想得美，再说那样也太丢人了，人家一说，是从部队上退回来的，一辈子什么时候也抬不起头来。我们还是咬咬牙，坚持吧。

在新兵连宿舍里，熄灯号后躺下一个小时了，我的胳膊、腿酸痛得很，都不太听使唤，好像不是自己的似的。

高中毕业没考上大学，心情一片灰暗。老爸老妈的意思，让再复读重考，我没答应。上学时向往自由，自由了又感觉没着没落。那天和菲菲坐公共汽车去商场，看到电视上放征兵宣传片，参军入伍是每个青年公民的义务，菲菲提议：咱俩去当兵吧。我说：可以呀。我俩偷偷去街道报了名，体检回来才把这事告诉父母。

父亲笑着说：到部队锻炼几年挺好，我赞成。

母亲一脸严肃地坚决反对：你去报名当兵和谁说了，我正找人给你联系工作。那部队上要多苦有多苦，一年四季风里来雨里去，你能受得了那个罪？

部队上不光我一个人，人家受得了，我就受得了。

人家是人家，你是你。你海涯叔叔答应了，给你在银行安排个工作。

我不喜欢。

银行工作多好，收入不错不说，风刮不着雨打不着的，最适合女孩子干了。

我就想去当兵。

你要不听话，那说好了，到部队上受不了那个罪，别给我抱屈。

行，我保证。

本想打电话或发个短信向老妈诉诉苦的，可老妈有话在那放着呢。

我心里劝自己，明天还要训练哪，不要瞎想了。这样想的结果果然管用，没多大一会，我就迷迷糊糊进入了梦乡。

出了不知多少身汗水，终于闯过了体能关。

部队生活中，也经常有很多有趣的事情发生，那次紧急集合，跑了几圈检查，二排有个女兵穿反了裤子，一排和五排的两个女兵打的背包散了架，两个人两手抱着被子，那样子要多狼狈有多狼狈，虽然感觉自己的背包也松松垮垮的了，但幸亏没散架。

在家吃点水果就不想吃饭了，在这儿，吃什么饭都觉得格外香。在家从不进厨房，连碗都不洗一个，在这儿去炊事班帮厨、择菜、洗菜、淘米、和面、打饭，什么都得学着干。那些打饭的男兵跑着来跑着回，有时饭不够了，把女兵剩回来的饭倒给他们，他们一点也不嫌弃。有时炊事班的人没饭吃了，就下点挂面凑合，大家吃得一样津津有味。

星期天去军人服务社买点日用品，回来自己洗衣服和床单，大家一起说说笑笑的很是开心。回家时一定告诉妈妈，我会自己洗衣服了，而且是手洗。

大家都剪的是齐耳短发，不容许戴任何装饰品，但军装一穿，比任何时装都显得精神。

没事时，我们女兵也会偷偷议论哪个男兵长得帅，那个新训班长的肌肉发达，平常看到了他们，眼光就会在他们的身上多停留一会，有人感觉到了有女兵在看他们，就感觉有些不好意思，我们就笑，有时会把小声笑变成一起哈哈大笑。

练习射击时还可以，虽然有枪，但枪里没子弹。三点一线，瞄准，拉枪栓，扣扳机。

但实弹射击时，虽然班长说，要沉住气，要胆大心细，平常怎么练的就怎么发挥就行。但许多女兵脸上的表情很是严肃，当然也包括我。看我的腿有些哆嗦，班长严厉地说：鲁小华，你要镇静。一步一步地来，不要慌张。

趴下装子弹时，我的手一直在抖。我心里骂自己：鲁小华，你不要做孬种，熊包。你是一名解放军战士，你是一名光荣的女兵。我用余眼扫了下班长，他根本没有看我。我装弹、瞄准，拉枪栓，再瞄准，击发。打完五发子弹，我脑子里一片空白，并没有按要求地快速站起来。

班长大声命令我：鲁小华，起立。我心想，看班长这态度，坏了，我是不是打了五个脱靶，那可真就现眼现大了。

我战战兢兢站了起来，班长突然重重地拍了我的肩头一下，兴奋地说，鲁小华，好样的，打了四十八环。那一刻，我简直不敢相信自己的耳朵。

听说四排有个女兵打靶时尿了裤子，还有个女兵吓昏了过去。

点点滴滴的磨炼，终于过了心理素质关和军事素质关。

新兵连训练结束时，我被评为优秀士兵。

我骄傲，我是女兵。

# 将军的爱情

在电视台八一节的访谈节目中，已是九十多岁的延将军精神焕发，思路清晰，语出惊人。

主持人：延将军，您有几个孩子，他们都从事什么职业？

将军说：一儿一女。军人的孩子能干什么，当兵。儿子延庆在西部边防当师长，女儿延军在石家庄陆军学校当副院长。

主持人闻：将军爷爷，您这一生中最得意的一件事是什么？是哪个战役中的哪一仗吧。

将军想了想，深情地望了身边的老伴一眼，笑着说：我这一生最得意的事，就是拿下了她。说着他抓住身边老伴的手，用力握了一下。老伴的脸上泛起了一丝红晕。

台下响起了热烈的掌声。

别看她现在老了，年轻时漂亮得很。在我眼里，她最俊最美。

主持人说：奶奶现在也很漂亮，我们能想象得到，奶奶年轻时一定是相当的漂亮。将军爷爷，那就说说您们的罗曼史吧。

那是1937年，在山东枣庄的一次战役中我负伤了，她在战地医院当护士，巧的是，我被分到了她手下。头一次见她，看到穿着军装的她，脸白白的，一笑还有俩好看的酒窝，要多美，有多美。那时我就偷偷地想，要是娶到她做老婆，我活这一辈子值了。爷爷陷入了美好的回忆中。

主持人说：将军爷爷，你见头一面就喜欢上人家了。

是啊。

那时您是什么级别？

副团长。

主持人说：奶奶，您说说见到爷爷时的第一印象。

奶奶深情地回望了一眼爷爷，说：那年我才十八岁，什么都没有想，就是感觉这个伤员高高大大的。头一次给他换药时，他不让我换，让我找男护士来。我说他：老封建，我都没有不好意思，你有什么不好意思的。

主持人问：爷爷的伤在身体什么位置？

爷爷不好意思地说：小日本的炮弹皮也不长眼，炸的不是地方，是大腿根这里。

奶奶说：他伤好后回了部队。没想到两年后，他负了伤又落在了我手里。他那时已升任为副师长，我喜欢听他讲战斗故事，但从没向感情这方面想。他装着闲聊天，问我的家事，还向别人打听我有对象没有，他对我早有想法了，我不知道。他的伤快好时，他去找了我们院长，院长找我谈话，说要给我们当介绍人。我说，我还小，不想这么早找对象，再说，他比我大十多岁。院长劝我，他是功臣，和他在一起是你的光荣。你们先处处，好了继续发展，谈不来再说。从那，就再没逃出过他的手心。

主持人说：听说爷爷对奶奶还有昵称是吗？

爷爷说：从认识她，我一直叫她闺女，一直到现在。

奶奶说：年轻时他识字不多，让我教他，他喊我闺女老师，你说，这是什么叫法。

主持人：是没人的时候这样叫吧，爷爷喊奶奶闺女。

爷爷说：不是，在儿子女儿、孙子孙女跟前照样这样叫，在外人跟前也这样叫，就兴你们年轻人亲爱的、宝贝、心肝什么的肉麻地叫，不兴我喊声闺女，我们这称呼多朴实。

台下观众有人笑出了眼泪。

主持人止住笑说：奶奶这么显年轻，都是将军爷爷叫的。

奶奶的脸也笑得像一朵花，动情地说：跟了他，我这一辈子也值了。我出身不好，家里是大户，后来划为了地主。谈对象时，我给他挑明了的。他说什么也不在乎，就喜欢你这一个人。"文化大革命"时，我因成分被送到安徽芜湖劳改，我怕他受牵连，提出离婚，他死活不同意，最后真受我牵连，去了江西五七干校……

将军爷爷轻轻拍了两下奶奶的肩膀，掏出手绢去给老伴擦眼泪，把嘴凑到老伴耳根，小声说：闺女，咱不哭，你心脏不好，医生说，不能激动，这样有危险。

这一时刻，主持人，连同许多观众都流下了感动的热泪。

奶奶使劲点了下头。两双青筋盘根错节的手，紧紧地、紧紧地握在了一起。

台下响起了经久不息的掌声。

# 小号声声

清明节这天，冒着霏霏细雨，王山头镇中学的师生们，来到南天观下重修的抗日烈士纪念碑前扫墓。辅导员老师讲话后，两个男女同学代表向烈士纪念碑献上了花篮。

现在人们生活水平提高了，一切观念也有了改变。教体育的孙老师和另两个男老师开始放起了鞭炮。有长鞭，还有二踢脚。鞭炮声一阵阵响起时，有些胆小的女生用双手捂住了耳朵。看到别的师生都瞪大了眼睛，支起耳朵细听和样子，她们也慢慢移开了放在耳朵上的双手，天呢！大家相互看着，简直都不太相信自己的听觉了。

在噼噼啪啪的鞭炮声里分明掺杂着清脆的小号声音，而每当鞭炮声结束的当儿，那小号声好像为了证明自己的存在，还会嘀嘀哒哒的响上几声。这时，师生们开始窃窃私语，这是哪儿来的冲锋号声。有的老师还不太相信这是事实，又点着了鞭炮，噼噼啪啪的鞭炮声里依然能听出有小号的响声，鞭炮声停后，那清脆的小号声又独自响了几声。

这事很快在周围传开了。不年不节的，也经常有人来纪念碑前放鞭炮，都想亲耳验证一下关于冲锋号声的传说。

这天，纪念碑前一下子来了好几辆高级轿车，随行人员从中间的一辆车里，扶出一位白发苍苍的老者，两个人搀扶着一步一移地来到烈士纪念碑前，他啰嗦着艰难地举起了自己的右手，向烈士纪念碑敬了一个不标准的军礼。所有随行人员也都跟着举起了右手。

有两个人开始放炮，在噼噼啪啪的鞭炮声里有清脆的小号声响起，而当鞭炮声结束的当儿，那小号声又嘀嘀哒哒的响了几声。

人们陪着老人久久站立着，老人的脸上有两行浊泪悄悄流下。他哽咽地说：小号手，建立烈士纪念碑选址时我来了，我知道这儿就是你倒下的地方。我是你的老连长，我知道你的心思，你听到鞭炮声，就以为是枪声响了，队伍要向上冲了，你就吹响了手里的冲锋号。我告诉你，解放多年了，现在社会太平了。你就好好安息吧。我年事已高，来看你的时日不多了，等我到了那边，咱们好好叙叙这些年的分离之苦。

突然有一个没燃尽的鞭炮声响起，随后又响起了短粗的小号声。这是不是小号手对老领导话语的回答？

# 生命的延续

在鲁西南平阴一个叫王山头的山坡上，有一座无名烈士纪念碑，碑前是一片郁郁葱葱的蒜苗。每年的清明节，村里的学生们会集体来给烈士们扫墓，冬天，也会有好心的村民挑来熟土把蒜苗盖上。年复一年，这片蒜苗都长得出奇的旺盛。但无论蒜苔长得再好，蒜头长的再大，也没有一个人去动一根蒜苔一头蒜。

听村里的老人讲，解放前夕，这里发生过一场恶战，县武工大队的一个中队，连领导带战士共有四十多人，被小日本的一个团包围在了东山的树林里。我们的人几次趁夜色突围均告失败，每次都有人员伤亡。我们的人坚持了五天四夜，饿了吃树叶，渴了喝自己的尿。小日本在包围圈上架上了机枪和探照灯，日夜不停地喊话，让我们的人投降。最后带队的领导做出决断：我们不能等死，和敌人拼了，冲出去一个算一个。他们一起摸到一个离敌人包围圈最近的地方，一声，开始，大家一起向一个点的敌人扫射，敌人的火力很快压了过来，一时间，枪炮声、爆炸声此起彼伏。后来我方没了一点动静，弹药全用完了。我们的全部人员都牺牲了。

当时听到山谷里传来的或清脆或沉默的枪炮声，村人的心都揪了起来。当天夜里电闪雷鸣，大雨倾盆。也许老天爷为他们这些英灵的早逝也发怒了。

第二年春天，有人在很少有人去的那个山谷的一块空地上发现了那片蒜苗。后来人们推断，县武工大队的人牺牲后，被山洪掩埋在了地下。当时为了防止日本的细菌战和行军时吃的东西不干净拉肚子，我方人员每个人的兜里都装有两头生大蒜。

那么多强劲的生命就这样消失了。

他们心不甘哪，那些蒜苗是他们生命的延续。

突然有一天，村里来了一辆军车。司机问路后，直接去了无名烈士纪念碑前的那块蒜地，从车里走下了一位白发苍苍的老人。老人望了一眼蒜地，扶着墓碑轻轻跪下了。

王政委，还记得我吗？我是您的警卫员石小粮啊！

政委，长路，我来看你们了。对不起啊，是你们俩又给了我一条命，我是从你俩个身子底下爬出来的啊。我现在才想起来看你们，我混蛋，我忘本啊。

战友们，我想你们啊。老人已是老泪纵横。

一个个山谷像传令似的回响着"想你们啊，想你们啊……"

# 天上掉下来的好事

游子回家心切。寒冬的大雪没有阻挡住双印回家的脚步。在镇上下了火车，已是凌晨四点，双印就上路了。翻过红山口，天渐渐暗下来。双印深一脚浅一脚走着。忽然他停住了，前行的右脚退了回来，继而又倒退了两步。直觉告诉他他踩到了一只活物。是人，不像。是狗是狼？想到这儿他的汗毛、头发都竖了起来。他想绕过去赶紧赶路。又觉得心中的猜疑解不开。他放下背包，攥了一下双拳，从兜内掏出打火机，他给自己壮了壮胆，打着火机，弯腰向前面地上的东西照去。一堆白东西，他又前走了两步，看清了，竟是一只白天鹅，他提起白天鹅一看，一点动静也没有，像是死了，他又拿打火机向外照去，又发现一只。一会工夫双印捡到了十多只白天鹅。他把它们放在一起。双印心里想，天助我也。反正不是我打死的。这都是冻死的。到时候送到县城野味餐厅去，又能换回很大的一笔钱。当民办教师的她一定高兴得会跳起来。他们只是偷偷地通信，她爹是村主任，嫌他家穷。这回说不定他和她的事有戏了。

双印激动得有些陶醉了。这时天开始放亮。双印在雪地里不停地弯腰站起来。一会儿工夫，他捡到了一大堆白天鹅，足足有五六十只之多。这儿离家还有五六里路，他想提起两只白天鹅，背上包先回家，再拉地排车回来拉。又觉得这样不妥。他环顾四周，看到一个看山人的草棚，他一趟趟把白天鹅们运过去，把门伪装好。他想这样的雪天气，这段路很少有人走。这财我是发定了。他转身哼着："我总是心太软，心太软……"向村子走去。

回到家他扔下背包，告诉父母我去拉他的东西。并要娘放到车上一床被子。老爹要陪他去，他不让，他说一会儿给你们个惊喜。

老爹老娘不知道儿子葫芦里卖的什么药。是不是儿子领回来了个媳妇，还有孙子。

双印拉车出了村，几乎没碰上村人。他兴奋的拉车跑起来。他想自己打工挣的三千多块，再加上这些宝贝换回的钱加在一起，过年后翻盖房子，再买个电视。说不定村主任就同意了他和姑娘的婚事。桂花长得多俊，红扑扑的脸上有两个好看的酒窝。看一眼，能醉倒人。他俩是初中同学，从前两年他就看上她了，但他觉得不配她。所以年初跟同村的李龙他们一起去北京打工。当他给她试探着写了封信时，她竟回信了。那天他接到桂花的信，主动请客，和李龙两人喝了一瓶二锅头，他喝醉了都在笑。李龙问他什么好事他一直也没告诉他。他背包里有给桂花买的一只口红，还有一件羽绒服，黄红两色的，桂花穿上一定比电影明星还漂亮。

　　一路想着双印拉着车子像要飞起来，好几次差点滑倒。走过了那埋着他希望幸福的窝棚。又摇了摇头，调转车子往回走，走进窝棚，他激动的心几乎都要跳出来。他哆嗦着双手打开窝棚门，向里一看，怔住了。他不甘心地伸身去探，没有了，一只白天鹅都没有了，里边只有一片白毛。

　　后来在乡文化站当站长的表哥，听了双印讲的故事。创作了一篇题为《天鹅飞了，双印笑了》的文章发在市报上。文章说他捡天鹅用被子给天鹅取暖放飞等。双印被县里树为爱鸟护鸟、爱护生态环境先进个人。村主任在姑娘的软硬兼施下也勉强同意了他俩的婚事。

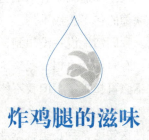

# 炸鸡腿的滋味

　　每天早晨上班，到洗手间刷茶杯，经常碰到保洁员在搞卫生间或楼道里的卫生，其中有一个保洁员很消瘦的样子，但干活却很是利索。见到任何人都用不太标准的普通话问一句：您早！

　　每天在食堂吃免费的午餐，她总是爱躲到角落里去。时间长了，大家发现，不论配餐的是什么水果，她从来都没吃过。吃完饭就装进了兜里，或用

手攥着离开了食堂。不但是水果，每个星期五的炸鸡腿她也从没吃过，身边有人吃饭时，她就吃得特别慢，等人家走了，她看看四周没人注意她，用餐巾纸包了鸡腿就走，脚步很快，像做贼似的。

写字楼的许多员工是独生子女，他们看不惯这些的。太小心眼了，自己吃别的吃饱了，把好吃的或能带走的带回家。

他们大手大脚，特别是女孩子们餐盒里的炸鸡腿，很多人吃一两口就扔掉了，看上去就感觉到很是可惜。

她的眼圈时常是黑的。有人说，一个打扫卫生的，还描什么眼圈？我心里总是为她鸣不平，就兴你们臭美，不兴人家化一下妆？有一次在楼道里碰上她，我试探性地问：大姐，你是不是晚上总睡不好？她抬起头看了我一眼，努力笑了笑说：你的眼睛真厉害，我晚上一点之前没睡过觉，早晨五点就得起床，给孩子和她爸做饭吃了，把女儿送去学校，就骑自行车向这儿赶。我说：不让你丈夫送孩子上学，你也好轻松点。她一边拖地一边说：他呀，能帮我送孩子上学就好了。他头两年在一个建筑工地上打工时把腰砸坏了，病没看好包工头就不给掏钱了，没办法只能回到租住的房子里来躺着，屎尿都在床上，我中午饭后赶回去一趟，给他简单弄点吃的，给他换换屎尿床单。晚上我去一户人家干两个小时的活，回家再洗刷脏床单和他们父女俩的衣服。不敢让干活的那户人家知道我家有一个这样的病人，要不人家会嫌脏，不用我了。现在那个缺德的包工头找不到了，丈夫吃药，孩子上学，家里的一切只能全靠我自己。我同情地说：没想到，你的日子过得这么苦，真不容易。她叹了口长气说：有时候我也想，我来这个世界上干什么来了，活受罪来了。有时候躺下真不愿再起来了，但我不能倒下，我倒下了，这个家就完了。我感动地说：大姐，我能帮你些什么吗？她用袖子抹了一把脸，真诚地说：不用，妹子，有你这句话，我心里就挺受用的了。不瞒你说，每天午餐时的水果和每个星期五午餐的炸鸡腿我都拿回去了。孩子她爸有病需要营养，孩子小正长身体也需要营养，现在水果都快赶上猪肉贵了，老天还算有眼，让我到你们这个单位干活，天天能发一个水果不说，星期五还有炸鸡腿这样的好事，有时女儿拿着炸鸡腿让我吃一口，我说不吃。她爸也说：你就吃一口。我说：不用让我，真巧，中午我在单位也是吃的炸鸡腿，比这个大多了。每当这个时候，我总是对女儿说：你爸爸有病，病好了好去挣钱，到时候我们买一大袋子炸鸡腿，咱们一家人吃个够。现在你就少吃点，让你爸爸也吃两口，让他的病快点好起来。刚七岁的女儿总是点点头，把鸡腿送到她爸的嘴前，逼着她爸吃一口。

从那后，每次在食堂吃午餐，我总是有意或无意地用眼光寻找她，特别是星期五这天，我总是早一点去，她还没到时我就等着她，等她来了，端着餐盒凑到她跟前小声说：这炸鸡腿油太大了，我要减肥，大姐，你就帮帮我忙吧。不管她接受不接受，我放下鸡腿就走。

我想象得到，她丈夫和女儿吃鸡腿时的样子，想笑一笑，但鼻子却酸了。大姐每个星期向家带一次炸鸡腿，但她肯定还从没尝到过炸鸡腿的滋味。

# 王虎大卡

只有十八岁，只有初中文化程度的王虎，仰靠在责任田边山坡的石板上，从兜内掏出一张姐夫从县城包鱼回来的又破又腥又脏的《中国青年报》，专心致志地看了起来。忽然有一副漂亮脸蛋吸引了他的目光，庄重的运动员礼服，瀑布似的披肩发，明澈见底的大眼睛。哦，原来是运动员卡片！此人乃打篮球的×××。他把这张卡片看了一遍又一遍，心中似有所悟：以后我成功了，弄不好要填作家卡片的。到时候怎么写？不如先试试，省得将来再多费脑筋。

名字：叶来香。鲁迅先生不是取母亲的姓作笔名吗，本人姓叶，父母名字再各取一字：叶来香。好听吧。

出生日期及出生地址：1968年，几月几日记不清了。月日就以她这为准吧，图个吉利。人家不是混出来了嘛？出生地填山西太原，虽然家距太原有两百多里，总不能填高平县疙瘩乡李山头村，那多土气！再说，本地已归太原市管辖，名副其实。

业余爱好：爱好什么呢？总也不能填爱看吵架打架，娶媳妇的。这显得

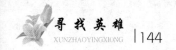

多没修养。对！就填：爱洗澡、还有爱看戏，这多文雅。

最大愿望：有什么茅台奖！不，外国不是还弄了一个什么贝儿奖金？这人起名字也不会起，贬低自己，为什么不叫大贝，那多气派！

崇拜偶像：我父亲。什么偶像，人就天天在一起，一起吃饭，一起干活。干什么几乎都是他教的，也该跟儿显耀显耀。

对你影响最大的人：我父亲。哪能重复。谁对我影响最大呢？就写我弟弟吧，都沾点光。

喜欢的颜色：红色。不对，一个男子汉哪能说喜欢红色？那是女人的颜色！随便什么颜色吧。要不写青色，绿色吧，多有诗意。

喜欢的一本书：《牛毛》。是不是《牛毛》，反正是这个意思。可这是外国的，对，就应该写外国的，这样显得你知识渊博。

喜欢的一首歌："天上布满星，月亮亮晶晶……"（不由自主唱了起来）悲是悲了一点，但唱出来可真是声情并茂。

喜欢的食物：猪肉、包子、面条、油条、炸丸子、炸鱼、豆腐、豆腐皮、粉……唉呀。总不能写那么多。看她写什么：冰激凌。是不是冬天屋檐上的冰溜子。那有什么好吃的，不香不咸不淡，真是少见多怪。要不就写包子吧，这是好吃中最好吃的。

最喜欢做的事情：打老K。闲得无聊，能干什么。我们的生活是吃饭——干活——睡觉三点成一线。不是有人说，劳逸结合吗？这逸要拿出来解释，我还真说不准是什么意思。打扑克，也叫娱乐吧。

最讨厌做的事情：收庄稼。收麦子时多热啊。收玉米、割谷子也累死个人。这样写，显得看不起劳动人民。就写做什么事情也不讨厌，省得麻烦。

恋爱、婚姻情况（或求偶标准）：差不多就行，不过，现在不能找，找了，以后进城怎么办？等进城后，随便找一个，不要太好看的，太好看的管不住。比如找个医院的，吃点药什么的可以不花钱。蔬菜公司的售货员也行，总而言之，要有利可图。

退役后的打算：什么退役？又不是当兵的，退役就退役吧，我退役后的打算是继续服役，这像玩文字游戏。不过，这样显得你这人有幽默感。

你对读者说的一句话：我要扬名后世。口气大了点，不过我信心十足。

不问了，我再加一句：这份卡片最好印在联合国公报上。还有，照片放大点。